Du même auteur

La belle mortelle de Samson (Vampires Scanguards - Tome 1)
La provocatrice d'Amaury (Vampires Scanguards - Tome 2)
La partenaire de Gabriel (Vampires Scanguards - Tome 3)
L'enchantement d'Yvette (Vampires Scanguards - Tome 4)
La rédemption de Zane (Vampires Scanguards – Tome 5)
L'éternel amour de Quinn (Vampires Scanguards – Tome 6)
Les désirs d'Oliver (Vampires Scanguards – Tome 7)
Le choix de Thomas (Vampires Scanguards – Tome 8)
Discrète morsure (Vampires Scanguards – Tome 8 1/2)
L'identité de Cain (Vampires Scanguards – Tome 9)
Le retour de Luther (Vampires Scanguards – Tome 10)
La promesse de Blake (Vampires Scanguards – Tome 11)
Fatidiques retrouvailles (Vampires Scanguards – Tome 11 ½)
L'espoir de John (Vampires Scanguards – Tome 12)

Séduisant (Le Club des éternels célibataires – Tome 1)
Attirant (Le Club des éternels célibataires – Tome 2)
Envoûtant (Le Club des éternels célibataires – Tome 3)
Torride (Le Club des éternels célibataires – Tome 4)
Attrayant (Le Club des éternels célibataires – Tome 5)

DISCRÈTE MORSURE

UN MARIAGE SCANGUARDS

(LES VAMPIRES SCANGUARDS – TOME 8 1/2)

TINA FOLSOM

TRADUIT DE L'AMÉRICAIN

POUR MARK

1

À la vue de la pâleur du cou d'Ursula, Oliver sentit un frisson lui parcourir la colonne vertébrale de haut en bas avant de le percuter dans les testicules, telle une lance. C'était le genre de douleur agréable dont il faisait l'expérience : intense et, pourtant, il ne voulait pas qu'elle s'arrêtât.

Ses doigts s'allongèrent, et ses ongles se transformèrent en pointes acérées. C'étaient les griffes d'une bête, parce que c'était ce qu'il était toujours à l'intérieur de lui, ce qu'il serait toujours, en dépit de dehors raffinés et de la douce carapace qu'il arborait.

Ursula était la seule personne à en savoir davantage car, chaque jour et chaque nuit, elle l'apercevait : cette faim irrépressible qui couvait juste sous la surface. L'insatiable désir de sang. Mais, maintenant, c'était différent.

Juste après sa transformation, Oliver enfonçait ses canines dans n'importe quel cou assez malchanceux de croiser son chemin. Maintenant, plus de six mois plus tard, son goût s'était sophistiqué. Et pourtant, il n'y avait rien de raffiné à ce propos. Rien de doux. Ni de civilisé.

Seule une chose avait changé. Il se souciait de la femme qui lui offrait son cou, nuit après nuit, et ce, alors qu'il ne s'était jamais soucié de quiconque. Il était tombé amoureux d'Ursula avant d'avoir goûté son sang, avant de réellement la connaître, et il n'hésiterait pas à sacrifier sa propre vie pour sauver la sienne.

Ils n'avaient pas été séparés depuis la nuit où il l'avait mordue pour la première fois, lorsqu'elle lui avait librement offert sa veine, malgré le calvaire qu'elle avait enduré durant trois longues années. En dépit du dégoût que, jusqu'alors, elle associait à cet acte. Mais Ursula avait mis ses craintes de côté et s'était donnée à lui, lui avait fait confiance et avait rangé au placard le cauchemar qu'elle avait connu au bordel de sang.

Pour lui.

Car elle comptait sur lui qu'il ne lui fît aucun mal.

— Qu'est-ce qui ne va pas ?

La voix d'Ursula provenait du placard d'où elle ôtait ses vêtements afin de les ranger dans de grandes boîtes.

— Ça ! répondit Oliver en désignant les boîtes de déménagement.

Elle inclina la tête sur le côté et soupira lourdement, ses yeux en amande le priant de comprendre. Lorsqu'elle repoussa une mèche de ses cheveux raides d'un noir-corbeau derrière l'épaule, ce geste rappela à Oliver la sensation qu'il éprouvait lorsqu'il fourrait son visage dans ses cheveux et qu'il respirait son parfum unique, un parfum qui provenait de son sang si spécial. Un sang qui avait le pouvoir de droguer un vampire. Un sang provoquant une dépendance telle, que ses amis et collègues de Scanguards avaient tenté de le maintenir loin d'elle lorsqu'ils en avaient eu connaissance.

— Mais nous étions d'accord, dit-elle doucement.

Oliver fit un pas vers elle, la bête en lui hurlant et demandant d'être libérée de sa cage.

— Je sais que nous étions d'accord, mais ça ne veut pas dire que je dois aimer ça.

— Ce n'est pas facile pour moi non plus, répliqua-t-elle, laissant tomber une pile de t-shirts dans une boîte avant de se déplacer vers lui avec la grâce d'un félin.

Il l'avait toujours trouvée belle, depuis la toute première nuit où elle lui était littéralement tombée dans les bras dans un des coins les plus minables de San Francisco. Il réalisa qu'il n'aurait jamais eu la moindre chance de lui résister, pas même si son sang avait été ordinaire. Même à cette époque, il n'aurait pas été capable de s'éloigner de cette beauté asiatique qui faisait battre son cœur à chaque fois qu'il la regardait.

Quoique son cœur ne fût pas le seul organe à la convoiter.

Survivre sans elle, il ne pouvait l'imaginer.

— S'il te plaît, murmura-t-elle en arrivant près de lui, posant la paume de sa main contre sa joue. Ne rends pas ceci plus dur que ça ne l'est déjà.

Le choix des mots qu'elle avait prononcés amena Oliver à lui prendre la main. Il la glissa à l'avant de son jeans et la pressa contre la protubérance qui s'y était formée. La protubérance qui s'y trouvait toujours lorsqu'il était près d'elle.

— Plus dur ? répéta-t-il. Je ne pense pas pouvoir l'être.

Ursula gloussa.

— Est-ce que tu ne penses qu'à ça ?

Oliver glissa la main sur sa nuque et l'attira à lui.

— Non. Je pense aussi que je serai incapable de faire ça.

Il rapprocha les lèvres de celles d'Ursula, les pressant doucement contre sa bouche. Lorsqu'il lui lécha la soudure des lèvres, elle les écarta légèrement, et son souffle se précipita vers lui.

— Hmm, ronronna-t-elle.

— Ne vas-tu pas reconsidérer la question ? l'amadoua-t-il.

— Je ne peux pas.

Mais il ne voulut pas accepter sa réponse.

— Imagine ce que tu vas rater.

Il lui captura la bouche complètement et glissa la langue entre ses lèvres entrouvertes, explorant ainsi sa chaleur, dansant avec sa langue.

Ursula ôta ses lèvres des siennes.

— Oliver, nous n'avons pas le temps.

— Juste une dernière fois, insista-t-il, occupé à tirer sur son t-shirt afin de le faire glisser vers le haut, tout le long de son torse.

— Mais—

D'un baiser, il étouffa sa protestation. Il glissa les mains sous son t-shirt et caressa sa peau douce. Lorsque ses mains se dirigèrent plus en haut et rencontrèrent le soutien-gorge, il s'arrêta un bref instant. Il ne savait pourquoi elle prenait la peine d'en porter un. Ses jeunes seins étaient parfaitement ronds et fermes et ne nécessitaient aucun maintien. De plus, elle ne le portait jamais longtemps, car il trouvait toujours un moyen de l'en dépouiller de sorte à pouvoir lui caresser la poitrine à chaque fois qu'il le voulait ; ce qui était fréquent.

Oliver mit moins de deux secondes à trouver le fermoir de son soutien-gorge et à l'ouvrir. Immédiatement, il glissa les mains par-dessous et enroba ses seins, les pressant légèrement. Elle gémit dans sa bouche et, au même moment, il perçut l'accélération des battements de son cœur. Lui peloter les seins et lui caresser les mamelons ne manquaient jamais de l'exciter. Quoiqu'ils n'eussent pas le temps pour ceci dans l'immédiat, Ursula lui répondait comme si son corps ne pouvait s'en empêcher.

— Voilà, bébé, murmura-t-il, relâchant ses lèvres un bref instant. Tu le veux également.

Il inhala son parfum enivrant.

— Tu es impatiente de me sentir en toi, poursuivit-il.

— Oliver, c'est de la folie. Nous devons aller à l'aéroport.

En dépit de ses protestations, elle ne le repoussa pas, mais pressa plutôt son bassin contre le sexe bien rigide d'Oliver.

— Nous avons quelques minutes.

Et il allait tirer profit du temps qu'il leur restait. Sans l'autoriser à protester davantage, il lui passa le t-shirt par-dessus la tête et fit glisser les bretelles du soutien-gorge sur ses épaules avant de le laisser négligemment tomber à terre.

— Déshabille-moi, lui ordonna-t-il tout en observant la beauté de ses seins couronnés de mamelons foncés. De durs mamelons. Oui, il n'y avait aucun doute quant au fait qu'elle fût aussi excitée que lui.

Ursula laissa échapper un soupir.

— Tu sais que je ferai en sorte que ça en vaille la peine. Je le fais toujours, murmura-t-il, lui déposant un baiser dans le cou. Ses canines acérées étant descendues, il lui égratigna la peau.

Ce contact la fit frissonner.

— Oh, Dieu !

Plus aucune protestation n'émana des lèvres d'Ursula. Ses mains se mirent plutôt à la tâche en libérant Oliver de sa chemise et en déboutonnant son jeans avant d'en faire glisser la fermeture éclair. Lorsqu'elle repoussa le vêtement jusqu'à ses hanches, il l'y aida et en sortit les pieds. Avant qu'elle ne pût le débarrasser de son boxer, il l'aida à ôter son pantalon.

Elle ne portait qu'un string minuscule qui couvrait à peine sa chair si attrayante. De plus, la matière était presque transparente et ne cachait rien à la vision de vampire d'Oliver.

En prévision de ce qui allait se passer, il se lécha les lèvres. Il aimait satisfaire deux de ses plus grandes envies simultanément. Faire d'une pierre deux coups. Prendre son sang tout en étant enfoui en elle était non seulement très excitant mais, tant pour elle que pour lui, cela s'avérait également nécessaire. L'effet dopant de son sang ne disparaissait que pendant un court instant après la fin de son orgasme. L'absorber à ce moment ne risquait donc pas de transformer Oliver en un toxicomane complètement fou. Moins d'une heure après l'orgasme, le sang d'Ursula redeviendrait aussi dangereux qu'auparavant et lui serait, dès lors, interdit.

Oliver glissa une main sous le sous-vêtement, ratissa le triangle de boucles soigneusement entretenu qui gardait le sexe de sa partenaire et s'enfonça plus bas. Chaleur et humidité saluèrent ses doigts explorateurs. Instantanément, son membre commença à se contracter, désireux de ressentir ce que ses doigts ressentaient.

— Sors mon sexe, dit-il d'une voix rauque, impatient d'être caressé car, qu'importât le nombre de fois où il lui avait fait l'amour durant ces deniers mois, à chaque fois, c'était nouveau et différent. Et plus excitant que la fois précédente.

Quelques instants plus tard, il sentit les mains d'Ursula abaisser son boxer et le faire glisser le long de ses jambes. Une main vint ensuite envelopper sa verge.

— Comme ça ? demanda Ursula, de la provocation dans la voix.

— Oui, juste comme ça, comme si tu ne le savais pas.

Elle serra le sexe d'Oliver dans sa main. Le cœur de ce dernier se mit dès lors à battre dans sa gorge.

— Putain, bébé !

Il gémit bruyamment et lança la tête en arrière, se délectant un instant de son tendre toucher. Il bougea alors les doigts, les laissant baigner dans cette humidité avant de glisser à nouveau plus en haut, là où résidait le centre du plaisir féminin. Lorsqu'il y glissa un doigt et appuya légèrement, Ursula battit des paupières, et sa gorge libéra un halètement bien audible. Il connaissait si bien son corps, savait exactement comment la faire ronronner comme un chaton, comment l'amener à se tordre sous lui en pleine extase et comment la faire frissonner dans ses bras. Et il ne pouvait se rassasier de voir ses lèvres se recourber en un sourire sensuel, ses yeux s'obscurcir de passion, et son corps trembler de désir.

Car, de son côté, cela provoquait une réaction en lui : son corps tout entier commençait à réclamer un besoin, celui de la posséder, de la faire sienne pour toujours. Le désir le brûlait de l'intérieur. Les braises encore fumantes de son amour pour elle se rallumaient à chaque fois qu'il regardait ce corps de péché, à chaque fois qu'il embrassait ses lèvres sensuelles et touchait sa peau soyeuse. C'était comme si elle l'avait ensorcelé en le regardant, avec ses yeux en forme d'amande, comme s'il était le seul homme qui comptât pour elle.

Tout comme elle le regardait en ce moment.

— Prends-moi, murmura-t-elle, les lèvres se mouvant à peine. J'ai besoin de te sentir.

— Je pensais que tu ne le demanderais jamais.

En quelques secondes, il la déposa sur le lit, la dépouilla de son sous-vêtement et lui écarta les jambes. Ces derniers mois, il l'avait prise de toutes les façons possibles, mais ce qu'il préférait, c'était l'avoir sous lui en la regardant dans les yeux pendant qu'il s'enfonçait en elle. Il aimait voir sa réaction lorsqu'il plongeait à l'intérieur de son étroite féminité et l'étirait. Il adorait la façon dont sa respiration était expulsée de ses poumons lorsqu'il s'enfonçait encore plus qu'elle ne l'en croyait capable. Il adorait la façon dont ses seins rebondissaient d'un côté à l'autre et de bas en haut à chaque coup qu'il assénait.

— Ne me fais pas attendre, le supplia à présent Ursula.

Un sourire se marqua sur les lèvres d'Oliver. Il n'avait même pas remarqué qu'il n'avait fait que la dévisager, ses yeux se délectant de sa beauté.

— Non, mon amour, je ne te laisserai jamais attendre.

Il amena alors son sexe aux lèvres inférieures et plongea bien profondément en avant. Un frisson courut le long de sa colonne vertébrale et le percuta dans les testicules, le menaçant de l'émasculer. C'était toujours comme ça avec elle.

La première entrée dans cette soyeuse et étroite gaine lui procurait toujours cela, car c'était à ce moment qu'il se rappelait de ce qui lui manquait le plus lorsqu'elle n'était pas étendue dans ses bras en train d'haleter. La façon dont elle l'emprisonnait en elle lui manquait. Cette façon qu'elle avait et dont elle n'avait probablement pas conscience de l'enchaîner à son corps et à son âme avec la seule et minuscule pression de ses muscles internes.

Chaque fois qu'il la sentait l'enserrer de la sorte, c'était comme si son cœur était comprimé de la même manière. Comme si elle tenait son cœur entre ses mains. Car c'était ce qu'elle faisait. Car son cœur lui appartenait.

Lorsqu'il sentit les mains d'Ursula sur ses hanches, le pressant de se mouvoir, il se conforma à ses désirs, se laissant aller au rythme qu'elle lui dictait. Lentement, il s'enfouit en elle avant de se retirer, ajustant l'angle de sorte à ce que son bassin vînt cogner contre son clitoris lors de chaque descente. Au début de leur relation, elle avait éprouvé quelques difficultés à se laisser aller, mais ils avaient surmonté cet obstacle, et Ursula lui répondait à présent librement, sans la moindre inhibition, son corps venant pousser contre lui afin d'accroître la pression sur son clitoris. Il réagit à son signal et commença à augmenter le rythme tout en essayant de prévenir sa propre envie de jouir, une tâche qui devenait de plus en plus difficile à chaque seconde.

Il tenta de détourner sa propre attention, mais en baissant le regard vers elle, il vit de petits ruisseaux de sueur couler le long de son cou jusque dans la vallée entre ses seins. Cela prodiguait un éclat plus intense encore à sa peau, de même qu'un parfum plus puissant qui l'attirait davantage vers elle.

— Oh, Dieu, bébé ! dit-il d'une voix rauque, bien trop conscient de la pleine longueur de ses canines qui le démangeaient, tant elles étaient avides d'une morsure.

— Il faut que tu jouisses !

Ce ne serait qu'alors qu'il pourrait plonger ses canines dans son charmant cou afin d'y trouver sa propre libération.

— Ça y est presque, murmura-t-elle entre deux halètements.

— De quoi as-tu besoin, bébé ? Dis-moi !

— Voilà.

Ursula se cambra, ses seins se soulevant vers lui. Oliver plongea la tête, captura un mamelon et le suça avidement, ses canines égratignant ce sommet sensible. Sous lui, Ursula frissonna. À présent, son corps tremblait.

Il se déplaça vers l'autre sein, répétant la même action tout en continuant à enfouir son sexe plus profondément dans l'étroitesse de sa féminité. Ses hanches s'affairaient à un rythme rapide, poussant et se retirant à brefs intervalles. Encore quelques coups, et il serait incapable de contenir son besoin de plonger ses canines dans sa chair ; encore quelques poussées, et il prendrait son sang, l'autorisant à le doper malgré le désastre que cela signifierait pour eux deux. En dépit du fait que cela le détruirait.

Son corps tout entier commença à trembler, et il sut qu'il avait perdu. C'était sa perte. Ursula était sa perte, tout comme ils l'avaient tous prédit. Il n'était pas suffisamment fort pour résister à la tentation que son sang représentait.

Ses lèvres s'entrouvrirent, tandis qu'il plaçait ses canines de chaque côté du mamelon et prenait une dernière inspiration. Il transperça la peau et ferma les yeux, sachant qu'il avait échoué, tandis qu'un frisson traversait le corps d'Ursula, laquelle était envahie par son orgasme.

Le soulagement l'inonda au moment même où le sang chaud se précipitait dans sa bouche et dans le fond de sa gorge. S'il avait été capable de parler, il l'aurait remerciée de l'avoir sauvé une fois de plus, mais il ne pouvait relâcher le sein qu'il était en train de téter. Son sang avait un goût riche et sucré. Parfait. Et le puiser à même son sein était devenu un de ses endroits préférés d'où s'abreuver. Ainsi que sur la face interne de sa cuisse, là où il pouvait s'imprégner de son excitation tout en se nourrissant d'elle.

— Oh, oui, l'encouragea-t-elle à présent, la main glissant sur sa nuque de sorte à le presser plus fort contre son sein.

Oliver savait à quel point elle aimait le nourrir de la sorte, car il était le seul à faire cela. Aucune des sangsues avec lesquelles elle avait été emprisonnée au bordel de sang pendant trois longues années n'avait jamais été autorisée à puiser son sang ailleurs qu'à son cou ou son poignet.

Un dernier coup en avant, et il jouit et inonda l'étroit canal de sa semence. Son corps tout entier trembla sous l'intensité de son orgasme. Un long moment fut nécessaire avant qu'il ne pût penser avec lucidité et être capable d'extraire ses canines du sein. Il lécha doucement les deux petites incisions, les rebouchant ainsi instantanément. Il n'y aurait aucune cicatrice. Sa salive le garantissait.

Oliver laissa tomber la tête à côté de celle d'Ursula, la respiration lourde.

— Waow. J'aime quand tu le fais comme ça, dit-elle.

Il souleva la tête pour la regarder.

— Comment ?

— Complètement hors de contrôle.

Il secoua la tête.

— Presque. Je t'ai presque mordue avant que tu ne jouisses. Mais j'—

Elle posa un doigt sur ses lèvres, l'empêchant de poursuivre.

— Presque. Je ferai en sorte que ça ne se produise pas.

Oliver baissa le front contre le sien.

— Je pensais que c'était devenu plus facile, mais pas du tout. Et que se passera-t-il si, un jour, tu ne jouis pas à temps ?

— Alors, nous ferons avec. Ensemble.

Elle le gratifia d'une douce tape sur le dos et poursuivit.

— D'ailleurs, tu peux toujours me faire jouir.

Il gloussa.

— C'est ce qu'un mec aime entendre.

Il déposa un doux baiser sur ses lèvres.

— Il est temps de partir, murmura-t-elle, en retour.

— Je sais.

2

Ursula gigotait tout en observant nerveusement l'escalator qui descendait depuis le niveau des arrivées jusqu'à la zone de livraison des bagages de l'aéroport international de San Francisco. Endroit depuis lequel Oliver et elle attendaient. Elle se tourna vers lui.

— Tu sais quoi leur dire, d'accord ? demanda-t-elle.

Oliver lui serra la main avant de l'amener à ses lèvres pour y déposer un doux baiser au niveau des jointures.

— N'aie pas l'air si anxieuse ! Tes parents vont se demander si quelque chose cloche.

Elle soupira.

— Eh bien, c'est parce que quelque chose cloche. Je vis dans le péché avec toi, et s'ils viennent jamais à le découvrir—

— Qu'est-ce qu'ils vont faire ? Me forcer à t'épouser ?

Il gloussa.

— Tu sais quoi ? C'est ce que nous allons faire, de toute façon, ajouta-t-il.

— Ça ne sert à rien de les perturber, malgré tout.

— Les perturber ? Je pensais qu'ils m'aimaient bien.

— Ils t'aiment bien, se pressa-t-elle de le rassurer. Bien que je sois certaine qu'ils auraient préféré que j'épouse un gentil Chinois, à la place.

Oliver fit la grimace.

— Hé, deux sur trois, ce n'est déjà pas si mal.

— Deux sur quels trois ? demanda-t-elle.

Il leva les doigts et commença à compter.

— Beau et génial au lit.

Il haussa les épaules.

Ursula oscilla de la tête et roula des yeux.

— Ouais, à ce propos. Je suis sûre que mes parents n'apprécieraient pas le fait que je vive avec toi depuis tous ces mois, alors qu'ils croyaient que je vivais dans ma résidence à l'université de Berkeley.

— Que tu vives avec moi ? Je n'appellerais pas ça comme ça.

Il lui adressa un doux sourire, les yeux baissés vers ses lèvres et sa tête se rapprochant à quelques centimètres.

— En fait, je préférais quand tu disais « vivre dans le péché ». Ça colle mieux à la situation.

Ursula lui asséna un coup de coude dans les côtes.

— Tu es terrible. J'aimerais que tu prennes ça au sérieux.

— La partie où on vit dans le péché, tu veux dire ? Je la prends très au sérieux. Et je pensais que tu l'aimais. Moi oui. Immensément.

Elle sentit son corps tout entier rougir. Il pouvait lui faire ça à la façon dont il la regardait dans les yeux, la bouche entrouverte et ses canines commençant à s'allonger en signe de son désir pour elle.

— Oliver, tes canines, marmonna-t-elle.

Il ferma la bouche immédiatement et déglutit.

— Tu vois ce que tu me fais. Tu commences à parler de péché, et je me transforme en primitif.

Elle ne put s'empêcher de sourire.

— Alors, peut-être que c'est une bonne chose que nous nous marions. Au moins, ce ne sera plus considéré comme un péché.

Oliver se pencha vers elle et déposa un doux baiser près de son oreille.

— Je me fiche de la façon dont c'est considéré. Ça ne changera pas ce que je ressens pour toi. Ni le fait que la semaine prochaine sera une pure torture pour moi.

Elle leva les yeux pour rencontrer son regard.

— C'est le seul moyen de pouvoir cacher à mes parents ce qui se passe depuis ces derniers mois.

Il expulsa un soupir résigné.

— Revoyons encore une fois l'histoire afin de ne pas être désarçonnés, suggéra-t-elle en jetant à nouveau un regard en direction de l'escalator depuis lequel davantage de personnes descendaient.

— D'accord, accepta Oliver. Tu vivais à la résidence universitaire mais, afin de préparer le mariage, tu as emménagé dans la chambre d'amis de mes parents, aujourd'hui, et tes parents resteront dans ma chambre pendant que j'emménagerai chez Samson jusqu'au mariage.

Il se passa une main dans son indisciplinée chevelure foncée.

— J'espère que je pourrai me rappeler d'appeler Quinn papa. Rose, quant à elle, je pourrai toujours l'appeler Rose.

— Pourquoi ?

— Eh bien, elle n'est pas ma mère. Quinn est un parent parce qu'il est mon père-créateur. Donc, nous devrions dire à tes parents que Rose est ma belle-mère. De cette façon, je ne ferai aucun faux pas quand je l'appellerai Rose en m'adressant à elle.

Ursula fut prise de panique. Les changements de dernière minute apportés à un plan établi étaient toujours synonymes de catastrophe.

— En as-tu déjà parlé à Rose et à Quinn ?

Oliver lui serra la main.

— Ne t'inquiète pas. J'en ai discuté avec eux ainsi qu'avec Blake.

Soulagée, Ursula soupira.

— D'accord. Et Blake sait quoi dire et quoi faire ?

Blake, l'humain et arrière-petit-fils au quatrième degré de Rose et de Quinn pouvait être gaffeur, mais elle espéra qu'il pourrait s'en tenir au plan qu'ils avaient mis sur pied et ainsi les aider à duper ses parents pour leur faire croire que la famille Ralston-Haverford-Bond, soit Quinn Ralston, Rose Haverford, Blake Bond et Oliver, lequel avait pris le nom de famille de Quinn après sa transformation, était une famille américaine typique et non composée de trois vampires et d'un humain.

— Blake aura une conduite exemplaire. Je te le promets.

Ursula roula des yeux.

— C'est ça.

— Je vais le surveiller. Il est toujours effrayé à l'idée que je le morde à nouveau. Alors, ne t'inquiète pas à son sujet.

Elle lui sourit tendrement.

— Mais c'est du bluff. Je sais que tu ne le mordras pas. Tu n'aimes même pas son sang.

Oliver l'attira plus près, la retournant tout contre lui.

— C'est parce que tu me gâtes avec le tien. N'importe quoi d'autre a le goût d'acide sulfurique.

Il respira profondément.

— Oh, Dieu, maintenant, je peux sentir ton sang, ajouta-t-il.

Ursula frissonna lorsqu'il posa les lèvres sur son cou afin de l'embrasser délicatement.

— Arrête. Les gens nous regardent.

— Tu me tues, bébé. J'espère que tu sais ce que tu me demandes en me faisant rester hors de ton lit durant toute une semaine.

Il releva la tête, et leurs regards se connectèrent.

Le contour de ses iris chatoyait d'une lueur dorée, signe de l'émergence de son côté vampire.

Elle lui caressa la joue.

— Je sais, mon amour. Je te revaudrai ça plus tard.

— Comment ? demanda-t-il, sa voix soudain transformée en un murmure rauque.

Elle gloussa en silence.

— Depuis quand n'as-tu plus d'imagination ?

Elle laissa la main glisser sur son cou et le gratta à l'aide de ses ongles, ressentant ainsi la manière dont sa peau se transformait en chair de poule sous l'effet de sa caresse.

Oliver gémit.

— Je suis impatient. Après cette soirée, j'aspire à bien plus.

Ses yeux semblaient la pénétrer.

— Téter ton sein était—

— Oh non ! l'interrompit-elle, en panique.

Elle venait juste de se souvenir de quelque chose.

— Mon soutien-gorge !

Il la regarda, surpris.

— Qu'est-ce qu'il y a avec ton soutien-gorge ?

Elle lui agrippa le bras.

— Il est toujours dans ta chambre ! Je ne l'ai pas ramassé. Où est-il passé ? Tu l'as ramassé quand nous avons transporté les caisses contenant mes affaires dans la chambre d'amis ?

Il secoua la tête.

— Je ne pense pas. Je ne l'ai vu nulle part.

Le pouls d'Ursula s'emballa.

— Oh, Dieu, ma mère va le trouver et, alors, elle saura.

— Est-ce que ça va réellement être un tel problème ? demanda-t-il tendrement.

— Oui !

Oliver soupira et sortit son portable de sa poche.

— Bien, je vais m'en occuper.

— Comment ?

Il déverrouilla son téléphone et commença à tapoter sur le clavier.

— Je vais envoyer un texto à Blake pour qu'il le cherche.

— Blake ? Tu ne peux pas demander à Blake de chercher mon soutien-gorge ! dit-elle toute embarrassée.

Oliver inclina la tête sur le côté.

— Rose est sortie faire des courses. Donc, elle ne peut pas le faire. Alors, si tu ne veux pas que ta mère le trouve dans ma chambre, ce devra être Blake.

Ursula grinça des dents.

Oh, merde !

Son regard dériva vers une foule de gens descendant à l'escalator.

Oliver gloussa.

— Je suppose que c'est un « oui » ?

Elle hocha la tête à contrecœur et jeta un coup d'œil vers lui, tandis qu'il appuyait sur la touche « envoyer » de son portable avant de le ranger dans sa poche. Elle n'avait pas eu le choix, car elle venait juste de repérer ses parents au sommet de l'escalator. Elle n'avait plus le temps de trouver une autre solution.

— Ils sont là !

Ses parents descendaient depuis le haut de l'escalator tout en scannant des yeux la salle d'attente en contrebas. Sa mère, une petite femme de goût au style impeccable, portait un tailleur semblable à un Chanel, quoiqu'Ursula sût que cette dernière ne dépenserait jamais autant d'argent pour des vêtements. Elle était une véritable chasseuse de bonnes affaires, et Ursula était certaine qu'elle n'avait pas dépensé plus d'une centaine de dollars pour la tenue complète, chaussures et sac à main fantaisie inclus.

Involontairement, Ursula dut sourire. Sa mère serait choquée si elle venait à découvrir la somme d'argent que la famille d'Oliver dépensait pour ce mariage. Ses parents étaient aisés, son père gagnant un salaire exceptionnellement élevé en tant que diplomate de haut niveau pour l'ambassade de Chine à Washington D.C. Sa mère n'avait donc pas à être économe, mais c'était tellement ancré en elle qu'elle ne pouvait juste pas s'en empêcher. Cela semblait presque être un sport, pour elle.

Ursula fit signe de la main lorsqu'elle captura le regard de son père. Il rayonna en la voyant et toucha ensuite le bras de sa femme pour lui montrer l'endroit où Ursula et Oliver les attendaient. Toute excitée, sa mère fit signe en retour, mais le regard d'Ursula erra de nouveau vers son père. Il semblait avoir perdu du poids. Son visage semblait également plus pâle que d'ordinaire. Elle secoua la tête. Les néons n'étaient flatteurs pour le teint de quiconque. Ce devait être une illusion d'optique ou le fait qu'il fût fatigué du vol.

Lorsque ses parents franchirent le pied de l'escalator, Ursula se jeta dans leurs bras, les étreignit tous deux en même temps et les serra très fort.

— Vous m'avez manqué !

— Tu nous as manqué aussi, Wei Ling, dit son père, s'adressant à elle par son nom chinois, comme il avait tant l'habitude de le faire.

— Tu vas écraser ta mère si tu continues à serrer aussi fort, dit Oliver à l'arrière en posant une main sur son épaule.

Ursula les relâcha et essuya une larme.

Oliver se déplaça sur le côté et tendit d'abord la main à la mère d'Ursula.

— Très heureux de vous revoir, Madame Tseng.

Elle lui prit la main et la lui serra avant de poser son autre main par-dessus la sienne.

— Jeune homme, peut-être est-il temps d'arrêter de m'appeler Madame Tseng. Mon nom est Hui Lian, dit-elle avec l'accent chinois, lequel ne s'était pas amoindri après deux décennies passées aux États-Unis.

Oliver sourit.

— J'aimerais beaucoup, Hui Lian.

Il se tourna ensuite vers le père et lui serra sa main tendue.

— C'est bon de vous voir, Monsieur.

— Apelle-moi Yao Bang. Et étant donné que tu es en train de me voler ma fille unique, je suis plutôt heureux de te voir également. C'est bon de savoir qu'elle sera entre de bonnes mains.

Les parents échangèrent un regard.

Soudain, tel un serpent, un étrange malaise rampa le long de la colonne vertébrale d'Ursula. Un frisson glacial s'ensuivit.

— Bien, allons chercher vos bagages afin de vous ramener à la maison, annonça Oliver en désignant les carrousels.

~ ~ ~

Il n'aurait même pas dû se trouver au niveau des arrivées de l'aéroport international de San Francisco, mais il avait suivi une femme à l'odeur particulièrement savoureuse qui y descendait depuis le niveau des départs, là où il était sur le point de faire enregistrer ses bagages sur le vol de nuit à destination de New York. Lorsqu'il avait flairé son sang si alléchant, il avait décidé de prendre un dernier *snack* avant son vol et l'avait suivie.

Il en avait fini avec San Francisco. Après avoir été capturé par des personnes de Scanguards, police auto-proclamée et groupe de vampires arrogant qui pensait être au-dessus de quiconque, il avait été incarcéré avec d'autres de son espèce pendant plusieurs mois. Ils avaient été forcés de subir un programme de désintoxication. Réadaptation, comme Scanguards l'appelait.

Les autres vampires et lui avaient été dépendants d'un sang spécial appartenant à des Chinoises prostituées pour leur sang dans un bordel pratiquant le commerce de ce précieux liquide à Hunter's Point. Mais, un jour, le bordel avait disparu et, peu de temps après, Scanguards en avait tué le propriétaire et les gardes, avait emmené les filles et arrêté les clients. Pour leur faire subir un traitement !

Quel tissu de conneries ! Il le savait, à présent. Et la raison pour laquelle il le savait, c'était parce que, là, à un des carrousels, se tenait un des prétendus gardes du corps de Scanguards, le bras enlaçant une des prostituées. Il la reconnaissait. Et des bribes de conversation qu'il avait captées, il réalisa, sauf erreur, que ce vampire qu'il avait rencontré par le passé et dont le nom était Oliver allait se marier avec cette prostituée de sang.

Les gens de Scanguards n'avaient-ils pas dit que toutes ces filles prostituées pour leur sang avaient été renvoyées chez elles ? De toute évidence, ils avaient débité un tissu de mensonges, tentant ainsi de les apaiser, les autres drogués et lui, alors que, derrière leur dos, ils gardaient ces filles pour eux-mêmes.

Sa bouche saliva, tandis que l'odeur de la fille dérivait vers lui. Il respira profondément ce parfum. Instantanément, ce souvenir sensoriel projeta de vives images dans son esprit. Il n'avait jamais rien expérimenté d'aussi grisant que le sang de ces femmes. Il était spécial et agissait comme une drogue sur un vampire. Il en avait fait l'expérience et n'avait jamais plané aussi fort que lorsqu'il avait tété le cou de l'une de ces prostituées.

Son estomac se noua, tandis que cette même faim refaisait à présent surface. Il avait pensé être désintoxiqué mais, apparemment, la réadaptation n'avait pas fonctionné. Il voulait le sang dopant de cette femme. Et que Scanguards gardât ce festin pour leur propre consommation n'était pas correct. Quels hypocrites ! Ils les avaient fait souffrir, lui et les autres, des symptômes de l'état de manque pendant qu'ils se gavaient de ce sang délicieux.

La femme qu'il avait suivie un peu plus tôt était oubliée, de même que son vol vers New York. Il ne partait pas. Non, il resterait et obtiendrait sa juste part. La Chinoise au bras d'Oliver deviendrait son repas. Il montrerait à ces hommes arrogants de chez Scanguards qu'il avait tout autant le droit à ce sang qu'eux.

Il montrerait à Oliver qu'il n'avait pas le droit de la monopoliser.

3

Oliver déposa les deux valises dans sa chambre et se retourna de sorte à faire signe à ses futurs beaux-parents d'entrer.

— J'espère que vous serez à l'aise, ici.

Les parents d'Ursula firent un pas dans la pièce et laissèrent vagabonder leurs yeux, tandis qu'Ursula les suivait, le regard examinant également la chambre à coucher, quoiqu'Oliver fût certain qu'elle était à la recherche de son soutien-gorge. Blake ne lui avait pas renvoyé de texto. Il était dès lors possible qu'il n'eût pas reçu le message lui donnant pour instruction de rechercher le sous-vêtement, ou qu'il fût sorti.

— Nous aurions aisément pu rester à l'hôtel, dit la mère d'Ursula. Il n'était pas nécessaire de vous donner toutes ces difficultés.

— Aucune difficulté, du tout, répliqua rapidement Oliver. Mes parents ont pensé que ce serait mieux que vous preniez ma chambre. Et Ursula sera dans la chambre d'amis. De cette façon, vous serez tous ensemble, et cela facilitera bien plus les choses pour tous les préparatifs du mariage.

Le père d'Ursula regarda sa fille.

— Tu demeures dans cette maison, Wei Ling ?

— Euh, oui, papa, mais uniquement pour les préparatifs du mariage. Je viens juste d'amener mes affaires de la résidence, ce matin. Ce serait un tel périple, chaque jour, de traverser le pont de Berkeley aller-retour. Je perdrais trop de temps, et il y a tant à faire, répondit hâtivement Ursula.

— Je ne pense pas qu'il soit approprié que tu restes dans la même maison qu'Oliver. Cela porte malheur, l'interrompit sa mère en se tournant vers Oliver. Je suis désolée, Oliver, mais nous ne pouvons faire ça. Ursula et nous pouvons aller dans un hôtel. Quelque part au centre.

Oliver inspira afin de se calmer. Ursula l'avait averti du côté vieux-jeu et superstitieux de ses parents.

— Ce n'est vraiment pas un problème. Je ne vais pas rester ici, cette semaine. Je vais résider chez mon patron jusqu'au mariage.

Mme Tseng haussa un sourcil.

— Chez ton patron ? C'est très généreux de sa part de te laisser rester là. Bien, alors, bien sûr…

Elle échangea un regard avec son mari.

Le père d'Ursula acquiesça.

— Merci, Oliver. C'est très prévenant de ta part. Ceci nous semble très confortable et spacieux.

Soulagé, Oliver désigna une porte.

— Vous avez votre propre salle de bains et un coin salon afin de pouvoir vous détendre. Mais n'hésitez pas à utiliser toutes les parties de la maison. Je vous en ferai faire le tour dès que vous aurez eu l'occasion de vous rafraîchir.

Son ouïe sensible perçut un bruit de pas dans l'escalier. Ensuite, une odeur humaine dériva vers lui. Il la reconnut immédiatement. Un instant plus tard, Blake passa la tête par la porte.

— Hé ! dit-il.

— Hui Lian, Yao Bang, voici mon demi-frère, Blake. Blake, voici les parents d'Ursula, Monsieur et Madame Tseng.

Blake afficha un large sourire sur son visage en se dirigeant vers eux afin de leur serrer la main.

— Si heureux de vous rencontrer enfin. Ursula parle de vous jour et nuit.

— Jour et *nuit* ? répéta le père en jetant un regard à Ursula.

Merde ! pensa Oliver. Laisser Blake dire quelque chose qui pouvait les mettre dans l'ennui !

— Ce que Blake veut dire, c'est qu'Ursula parle de vous à chaque fois qu'elle nous rend visite. Vous voyez, la journée.

Oliver sentit de la sueur se former dans sa nuque. Il lança un regard contrarié à Blake, lequel haussa les épaules, tandis que les parents d'Ursula observaient leur fille.

— Oui, je te l'ai dit, papa. La famille d'Oliver m'invite souvent pour le dîner, ajouta Ursula en souriant.

Hé bien, ce n'était pas tout à fait un mensonge, si ce n'était qu'Ursula était devenue le repas favori d'Oliver, et qu'après avoir été invitée à rester pour la première fois, elle n'était jamais repartie. Il s'agissait toutefois de détails mineurs. Quoiqu'ils dussent cacher ces détails à ses parents. De même que cet autre détail insignifiant : le fait qu'ils fussent les invités d'une famille de vampires et que leur fille en épousât un.

À quoi diable avait-il pensé ? Tout ceci ne marcherait jamais ! Non pas son union avec Ursula, ils seraient parfaits ensemble, mais bien de parvenir à garder le secret de ce qu'il était à ses parents.

— Quand allons-nous rencontrer tes parents, Oliver ? demanda soudain le père d'Ursula.

— Ils devraient rentrer d'une minute à l'autre. Je crois que Rose avait des courses à faire, répliqua Oliver, content que le sujet eût viré sur quelque chose de moins précaire que de savoir où dormir et combien de temps Ursula avait passé chez lui.

— Rose ? Tu appelles ta mère par son prénom ? demanda Yao Bang, surpris.

— Hé bien elle est ma belle-mère, donc je l'ai toujours appelée Rose, plutôt que maman.

— Ah, interrompit la mère d'Ursula. Donc, Rose est ta mère alors, Blake ?

— Oui, mais, euh, hé bien, puisqu'Oliver l'a toujours appelée Rose durant notre enfance, je l'appelle Rose, également.

Oliver se retourna de sorte que les parents d'Ursula ne pussent voir son visage, tandis qu'il roulait des yeux à l'intention de Blake. Fallait-il qu'il changeât les règles du jeu ? Ils avaient expressément discuté de qui dirait quoi à qui. Et maintenant, Blake sabotait tout. Bientôt, tout ceci leur exploserait au visage.

— Euh, je vois, commenta Monsieur Tseng. Hé bien, tant que vous vous entendez tous.

Il se tourna ensuite afin d'examiner une fois de plus attentivement la pièce, son épouse agissant de même.

Elle se rapprocha du lit et y déposa son sac à main.

— Oh, mon dieu ! dit soudain Mme Tseng en sursaut en regardant en direction de la table de nuit. Oliver suivit son regard, mais le père d'Ursula lui cachait la vue.

Oliver se tourna vers Ursula qui était à ses côtés et surprit son regard paniqué, tandis qu'il entendait l'accélération de ses battements de cœur. De toute évidence, elle pensait la même chose que lui : sa mère avait repéré son soutien-gorge à terre.

À présent, il n'avait plus le choix. Il devait effacer les souvenirs de ses parents pour s'assurer qu'ils ne pussent jamais se rappeler avoir vu le sous-vêtement compromettant d'Ursula dans sa chambre. Il était en train de prendre une profonde inspiration lorsqu'il sentit la main de Blake sur son épaule. Il se retourna immédiatement vers lui. Son demi-frère secoua légèrement la tête et baissa le regard. Oliver le suivit jusqu'à la poche du jeans de Blake. Un peu de dentelle noire en dépassait. Il sourit et le fourra à l'intérieur, le faisant dès lors disparaître de la vue d'Oliver.

Ce dernier articula un silencieux « merci » et se retourna vers ses futurs beaux-parents. Si Madame Tseng n'avait pas trouvé le soutien-gorge, qu'était-elle donc en train de regarder ?

Avec appréhension, Oliver fit quelques pas pour contourner Monsieur Tseng et aperçut ce que Madame Tseng trouvait si offensant.

Il dut étouffer un rire lorsqu'il posa finalement le regard sur l'objet outrageant. Là, entre sa table de nuit et le cadre du lit, était coincé un de ses boxers shorts. Il pendait entre les deux meubles.

— Je suis si désolé, dit-il hâtivement en saisissant la chose et en l'enroulant dans sa main avant de tenter de le fourrer dans la poche de sa veste.

— Peut-être était-ce trop inopportun de te faire abandonner ta chambre, finalement. Nous n'aurions vraiment pas dû nous imposer, dit la mère.

— Non, non. Vous ne vous imposez pas du tout. Je suis désolé. Je suppose que j'étais pressé, aujourd'hui.

Ouais, pour sûr, il était pressé, pressé de faire l'amour une fois de plus à Ursula avant d'être forcé de déménager jusqu'au mariage. Lorsqu'il s'était habillé après avoir fait l'amour, il avait été dans un tel état second qu'il n'avait pas immédiatement retrouvé son boxer et en avait simplement pris un nouveau dans sa commode.

Lorsqu'il entendit du bruit derrière lui, il soupira de soulagement. La cavalerie était arrivée.

— Hé bien, il semble que nos invités soient ici, dit Quinn depuis la porte, tandis qu'il entrait, son épouse, Rose, sur les talons.

— Je suis tellement désolé que nous n'ayons pas été là pour vous saluer, s'excusa immédiatement Rose en tendant la main à la mère d'Ursula.

— Voici Rose, ma belle-mère, et Quinn, mon père, dit Oliver en guise de présentation. Papa, Rose, voici Hui Lian et Yao Bang Tseng.

Il observa la surprise s'affichant sur les visages des parents d'Ursula, tandis qu'ils serraient la main de Rose et de Quinn tout en échangeant les salutations.

— Vous semblez tous deux si jeunes, dit finalement la mère d'Ursula.

Monsieur Tseng hocha la tête en signe d'approbation.

— De bons gènes, répliqua Quinn avec un large sourire sur le visage.

— On nous dit ça tout le temps ! gazouilla Rose en un léger rire, tandis qu'elle échangeait un regard aimant avec son compagnon de sang-mêlé. Nous étions pratiquement des enfants quand nous nous sommes rencontrés. Nous nous sommes mariés très jeunes.

Oliver jeta un rapide coup d'œil sur Rose et Quinn. Non seulement, ils avaient toujours l'air d'avoir dans le milieu de la vingtaine, mais ils ne ressemblaient également en rien à Blake ou à lui. Alors que son demi-frère et lui avaient les cheveux foncés, leurs prétendus parents étaient tous les deux blonds à la peau claire. Il n'y avait aucune ressemblance entre eux quatre, et à juste titre. Quinn avait créé Oliver avec son sang et l'avait transformé en vampire après que ce dernier fût étendu, mourant, après un horrible accident de voiture. Et quoique Blake leur fût apparenté par le sang, il n'avait pas hérité de la beauté de Rose ou de Quinn. Blake était de la sixième génération, et ils étaient, en fait, ses arrière-grands-parents au quatrième degré.

— J'espère que vous vous sentirez tous deux à l'aise, ici, poursuivit Quinn.

— Nous ne voulions vraiment pas mettre Oliver dehors en prenant sa chambre, répliqua le père d'Ursula en désignant son environnement. Mais merci beaucoup. Je suis certain que nous serons très bien ici.

— Excellent ! convint Quinn.

— Dès que vous aurez défait vos valises et vous serez rafraîchis, pourquoi ne descendriez-vous pas afin que je vous fasse faire le tour du propriétaire ? proposa Rose. Ce sera le chaos, les prochains jours, avec les préparatifs du mariage. J'ai donc approvisionné la cuisine avec tout ce dont vous pourriez avoir besoin et, plutôt que de nous installer régulièrement à table pour le déjeuner ou le dîner, j'ai pensé que chacun pourrait juste se servir de ce qu'il veut. Ne le pensez-vous pas également ? demanda Rose en souriant à Madame Tseng.

La mère d'Ursula la regarda quelque peu étonnée, mais hocha ensuite la tête.

Rose demeura souriante. Ils avaient convenu de cet arrangement lorsqu'ils avaient discuté de la façon dont ils cacheraient aux Tseng le fait que ni Rose, ni Quinn ou Oliver ne consommassent de nourriture.

— Ce sera tellement plus facile, étant donné que nous avons tous des programmes différents. Avec le montage de la tente, les essayages de dernière minute de la robe ou quoique que ce soit d'autre qui puisse arriver.

— Une tente ? demanda soudain le père d'Ursula. Pour quoi faire ?

Quinn fit un pas en avant et enroula le bras autour de l'épaule de Monsieur Tseng.

— Je vais vous montrer.

Il le guida vers la fenêtre et désigna le jardin par-dessous.

— Nous allons faire monter une grande tente qui recouvrira le jardin tout entier. La cérémonie et la réception se tiendront là.

Oliver observa Madame Tseng avancer près de son époux.

— Oh, ça semble bien.

Ursula se rapprocha d'Oliver et lui donna un coup de coude. Immédiatement, il l'attira contre lui, lui dérobant un baiser pendant que ses parents regardaient par la fenêtre.

— Ce sera parfait, lui murmura-t-il dans l'oreille avant de lui en mordiller doucement le lobe. Et après, je te ferai mienne pour toujours.

4

Il surveillait la maison depuis la moitié de la nuit lorsqu'Oliver en émergea et s'en alla à pied, peu après deux heures. Ce dernier était seul. La prostituée n'était pas avec lui. Elle était à l'intérieur, avec ses parents et deux autres vampires, de même qu'avec un humain.

Il attendit jusqu'à ce qu'Oliver eût complément disparu de sa vue avant de quitter sa cachette depuis l'autre côté de la rue et de s'approcher de la maison.

Une certaine organisation serait nécessaire afin d'arriver jusqu'à la fille, celle-ci étant toujours entourée de trop de personnes, deux d'entre eux étant des vampires. S'ils avaient tous été humains, il serait simplement entré et l'aurait attrapée. Les humains seraient devenus des dommages collatéraux. Toutefois, les deux vampires pouvaient poser problème.

Mais il n'abandonnait pas facilement. Il continuerait d'observer et trouverait un point faible. Tel un tigre, il serait à l'affût et surveillerait sa proie jusqu'à ce que l'opportunité se présentât. Ensuite, il entrerait en action et déroberait la putain de sang, juste sous leur nez. Si les vampires qui dirigeaient Scanguards pensaient qu'ils pouvaient établir des règles pour les autres sans les respecter eux-mêmes, alors il leur montrerait ce qu'il en pensait.

Son regard vagabonda jusqu'aux fenêtres des étages supérieurs. Certaines d'entre elles étaient toujours illuminées. Il se tint tranquille et observa. Il savait comment faire cela, comment demeurer silencieux et immobile pendant des heures. Comment respirer à peine de sorte à ne faire aucun bruit. Comment demeurer presque invisible. Comment se fondre dans la masse.

La faim grandissait en lui. Bien que ce fût impossible, il pensait qu'il pouvait toujours flairer le sang de la prostituée depuis l'endroit où il se trouvait, dans l'ombre d'un arbre luxuriant. Oui, cette odeur lui avait manqué. Tout comme ce goût. Il lui avait manqué durant sa désintoxication. Alors que son fou de psychiatre, le Docteur Drake, l'avait baratiné au sujet du contrôle et de la volonté lors de réunions de groupe destinées à parler de la façon dont ils se *sentaient* par rapport à leur addiction. Oh, comme il avait détesté ces séances ! Mais il avait joué le jeu, car il savait alors que, s'il ne le faisait pas, ils ne le relâcheraient jamais. Cela avait pris du temps. Plus longtemps que pour beaucoup d'autres vampires. Il figurait parmi le dernier groupe à être libéré des cellules souterraines de Scanguards, lesquelles s'étaient transformées en centre de traitement clandestin avec les visites quotidiennes du Docteur Drake et de sa petite assistante sexy aux énormes nibards.

Honteux qu'elle fût un vampire. Si elle avait été humaine, il aurait enfoncé ses canines dans ses nichons, à la première opportunité. Mais les prisonniers étaient plutôt nourris de sang en bouteille. Du sang froid et sans vie. Il avait également détesté cela. Mais, à nouveau, il avait joué le jeu. Tout ça afin qu'ils pussent le relâcher.

Et pendant qu'il souffrait dans sa cellule, combattant son désir de ce sang si spécial, luttant contre son irrépressible envie de fustiger ses ravisseurs, Oliver , quant à lui, se gavait d'une des ces putains. Hé bien, plus pour bien longtemps. Bientôt, elle serait sienne.

Je viens pour toi, *Ursula*.

~ ~ ~

Oliver salua Delilah, l'épouse de Samson, laquelle lui ouvrait la porte.

— Donc, tu nous reviens pendant une semaine, dit-elle avec un sourire avant de l'embrasser sur la joue.

Derrière elle, Isabelle titubait dans le couloir, avant de tomber sur son derrière en gloussant.

— Waow ! s'exclama Oliver en se dirigeant vers le bambin. Elle marche !

— Oui, elle a commencé la semaine dernière et, chaque jour, elle prend plus d'assurance sur ses deux pieds. Je pense qu'elle pourra marcher à ton mariage.

Il tendit les bras vers Isabelle et la souleva.

— Tu veux dire qu'elle pourra être notre petite demoiselle d'honneur ?

— Juste au cas où, je lui ai acheté une belle robe rose afin qu'elle ait quelque chose d'approprié à porter. Mais ne le dis pas encore à Ursula, parce que je ne sais pas si elle marchera suffisamment bien d'ici-là.

De la main, elle caressa les cheveux foncés d'Isabelle.

— Je n'avais aucune idée de la vitesse à laquelle les hybrides grandissent.

Isabelle rayonna et laissa apparaître ses minuscules canines.

— Oh, non, Isabelle ! De quoi avons-nous parlé ? De ne pas montrer les canines ! Tout comme les exercices que nous avons faits. Il y aura beaucoup d'humains dans les parages, cette semaine, et nous ne voulons pas que tu nous fasses démasquer, n'est-ce pas ?

Isabelle baissa les paupières et ferma la bouche, comprenant, de toute évidence, les paroles de sa mère.

— Maintenant, essaie encore, l'encouragea Delilah.

La petite entrouvrit les lèvres et adressa un autre sourire à sa mère. Cette fois, aucune canine ne pointa.

— Parfait.

Delilah l'embrassa sur la joue, et Isabelle tendit les bras vers elle.

Oliver la relâcha et la tendit à sa mère.

— Je suis certain qu'elle s'en sortira parfaitement bien.

Il changea ensuite de sujet et poursuivit.

— Alors, est-ce que Samson est à la maison ou est-il au quartier général ?

Delilah fit un signe de la main en direction de l'arrière de la maison.

— Il est dans son bureau privé. Drake est ici. De même que Gabriel et Zane. Samson a dit que tu ailles les rejoindre dès ton arrivée.

— Merci.

Il se tourna vers le long couloir lambrissé menant à l'arrière.

— Oh, Oliver, l'appela Delilah, je t'ai préparé la chambre d'amis nouvellement rénovée, au grenier. De cette façon, tu ne seras pas réveillé par Isabelle.

Il regarda par-dessus son épaule.

— Merci, Delilah. J'espère que ça ne t'a pas causé trop d'embarras.

Elle fit un geste dédaigneux de la main.

— Aucun. Nous aimons t'avoir ici. Tu manques à Samson.

Samson lui manquait également de plusieurs manières. Pendant plus de trois années, alors qu'il était encore humain, il avait travaillé en tant qu'assistant personnel du propriétaire de Scanguards. Il avait été ses yeux et ses oreilles durant le jour, en surveillance pour lui pendant qu'il dormait, partageant les gardes avec Carl, le vampire maître d'hôtel. Oliver soupira fortement. Carl lui manquait. Ils étaient amis malgré le fait qu'ils n'eussent pu être plus différents. Mais Carl était mort.

Oliver refoula ces tristes pensées et frappa à la porte du bureau de Samson.

—Entre !

La voix de Samson dériva vers lui depuis l'intérieur.

Il tourna la poignée et ouvrit la porte, avant de la refermer derrière lui. Samson était assis derrière son énorme bureau, tandis que le Docteur Drake, Gabriel et Zane paressaient sur le canapé et le confortable fauteuil.

— Hé, Oliver, tu es juste à l'heure. Le docteur Drake vient juste d'arriver pour faire une mise au point, le salua Samson en lui faisant signe de s'asseoir.

Avec ses cheveux noirs coupés courts, ses yeux amande et un imposant gabarit de plus d'un mètre quatre-vingt, Samson était un patron dans toute sa splendeur. Il était le fondateur de Scanguards, la société de sécurité nationale qui fournissait des gardes du corps aux célébrités, politiciens et autres quidams et entreprises fortunés pouvant s'offrir leurs services.

Face à lui, le docteur Drake, unique vampire psychiatre et un des deux seuls vampires qualifiés en tant que professionnels de la médecine à San Francisco, paraissait rachitique et dégingandé. Oliver l'avait toujours trouvé étrange, quoique Samson et plusieurs autres au sein de Scanguards eussent employé ses services à un moment ou un autre.

— Super ! dit Oliver en prenant place sur le canapé à côté de Zane. Salut les gars !

— Hé ! répondit Zane d'une voix rauque, visiblement pas heureux de se retrouver dans la même pièce que Drake.

Il avait une fois été forcé d'assister à une séance du psychiatre et, apparemment, n'avait pas apprécié cela. Quoiqu'Oliver ne pût blâmer le vampire chauve. Zane n'était pas du genre favorable aux choses douces, aux émotions et autres. Il était une maigre et méchante machine de combat, bien qu'Oliver eût pu apercevoir un côté plus doux en lui lorsque ce dernier avait rencontré sa compagne, Portia, une jeune hybride. Mais en ce moment précis, cette douceur n'était nullement apparente. Zane avait l'air de vouloir tuer quelqu'un.

— Je pense qu'il était trop tôt pour les laisser partir, dit Zane sur un ton mordant tout en regardant Gabriel dans le but d'obtenir du soutien.

Réfléchissant à sa réponse, Gabriel se frotta le menton, puis repoussa, derrière son oreille, une mèche de ses cheveux foncés qui s'était détachée de sa queue de cheval. Oliver ne put s'empêcher de fixer du regard la grande cicatrice qui s'étendait de son oreille au menton, un souvenir du temps où il était humain. Bien que la cicatrice fût laide, il y avait, chez Gabriel, quelque chose d'intriguant qui faisait de lui un imposant personnage que n'importe qui pouvait craindre.

— Docteur Drake a donné le feu vert à tout le monde, répliqua Gabriel.

— Qu'est-ce qui se passe ? demanda Oliver en lançant un regard interrogateur à ses collègues.

Le docteur Drake se redressa.

— Comme je venais de commencer à l'expliquer, le programme de désintoxication est terminé.

Scanguards a fait un boulot formidable en arrêtant et en ramenant tous les anciens clients du bordel de sang.

Zane grogna, ses bottes griffant bruyamment le parquet.

— Je n'ai pas besoin de toi pour me dire que nous avons fait du bon boulot.

Samson adressa un regard de réprimande à Zane.

— Laisse-le parler.

Le vampire chauve s'appuya contre le dossier et croisa les bras sur son torse. Oh, ouais, Oliver pouvait dire que Zane avait les boules ! Et il n'était pas du genre à prendre des pincettes pour exprimer ses opinions. S'il n'aimait pas quelque chose, il le faisait savoir. Zane et lui s'étaient pris la tête plus d'une fois. Néanmoins, il aimait bien ce gars. L'instinct de Zane était meilleur que celui de n'importe qui d'autre. Et lors d'un combat, il était fatal.

Drake se racla la gorge.

— Bien. Certains patients allaient mieux que d'autres. Je suppose que c'était une question de volonté et de motivation. Certains répondaient mieux au renforcement positif, et ce sont ceux-là que nous avons relâchés, il y a quelques semaines. J'ai cru comprendre que Scanguards gardait toujours un œil sur eux ?

Samson acquiesça et fit signe à Gabriel.

— C'est exact, répondit Gabriel. Mais il n'y a eu aucun comportement erratique. Tous semblaient s'être bien réintégrés.

Drake hocha la tête.

— Bien, bien. Et avec la drogue hors de portée, façon de parler, cela a dû faciliter les choses.

La drogue. Oui, le sang de toutes les Chinoises qui avaient été retenues au bordel de sang s'avérait, en effet, être une drogue pour les vampires. Vraiment délicieux, créant une forte dépendance et faisant planer. Oliver ne pouvait que l'imaginer. Grâce aux précautions que tous deux prenaient, il n'avait jamais plané à cause du sang d'Ursula. Il ne la mordait qu'après qu'elle eût joui, car un orgasme diluait la puissance du sang pendant un court moment.

— Oui, les filles sont toutes rentrées chez elles. Toutes, sauf Ursula, dit Oliver, presque uniquement à lui-même.

— Oh, j'ai failli oublier, dit le docteur. Félicitations pour ton prochain mariage !

— Merci !

— Pouvons-nous continuer à parler affaires ? interrompit Zane.

Drake sembla vouloir rouler des yeux, mais s'en abstint.

— La nuit dernière, nous avons relâché les vampires qui étaient toujours en soin. Ils nous ont prouvé qu'ils sont suffisamment forts pour lutter contre la tentation, et qu'ils ont surmonté leur dépendance. Ils sont à présent tous désintoxiqués. Je ne crois pas que nous aurons encore d'autres problèmes à ce propos.

— Prouvé comment ? répliqua sèchement Zane. En assistant à de stupides sessions de groupe, à raconter des banalités sur ce qu'ils ressentaient ?

Drake plissa les yeux.

— Oui, en parlant de ce qu'ils ressentaient, ce qui est un outil psychologique ayant fait ses preuves.

— Je vais t'en donner un d'outil. Un pieu est un outil, marmonna Zane à voix basse.

Samson se leva.

— Vous savez tout aussi bien que moi que nous ne pouvions pas tuer ces hommes en raison de leur dépendance. Nous devions les aider.

Son regard dévia vers Oliver, et celui-ci sut instinctivement à quoi son patron pensait. Samson l'avait aidé quand il s'était retrouvé dans la rue, quand il était un drogué traînant avec de mauvaises fréquentations. Il lui avait donné une chance de plutôt mener une vie productive, à la place.

— Je dois admettre que je suis d'accord avec Samson. Nous devions les aider, ajouta Oliver. Ils sont nos semblables. Si nous ne les aidons pas, qui le fera ?

Si Samson ne l'avait pas aidé et ne lui avait pas donné un travail, il n'aurait pas été ici, en ce moment. Et si Quinn ne lui avait pas sauvé la vie en le transformant en vampire, alors qu'il agonisait après un accident de voiture, il n'aurait jamais su ce qu'était l'amour.

Zane serra les mâchoires.

— J'espère juste que ça ne reviendra pas nous exploser en pleine poire, un jour.

Oliver captura le regard de Zane et, pendant un instant, ils se regardèrent droit dans les yeux. L'inquiétude de Zane était-elle justifiée ?

5

— Tu as *quatre* demoiselles d'honneur ?

La mère d'Ursula eut presque le souffle coupé suite à cette révélation.

— Oui, répondit Ursula en utilisant ses doigts pour développer.

— Il y a Portia, qui est mariée à Zane. Elle est un peu plus jeune que moi. Ensuite, Nina, qui est mariée à Amaury. Et Maya, la femme de Gabriel. Plus Lauren. C'est une bonne amie de Portia, et je l'aime beaucoup.

Immobile, sa mère continuait de secouer la tête.

— Non, non. Ça n'ira pas.

— Mais, maman, elles sont mes amies. De plus, elles ont déjà leur robe.

Elle regarda son père qui, de l'autre côté de la table, avait la tête enfouie dans son journal. Il baissa légèrement la tête et haussa les épaules.

— Papa ! le supplia-t-elle.

— C'est le domaine de ta mère. Tu sais que je ne m'implique pas dans les affaires des femmes.

Le pli sur le front de sa mère s'approfondit, tandis que celle-ci se levait de la table du petit déjeuner.

— Tu n'as pas d'autres amies ? Une de l'université ?

— Qu'est-ce qui cloche avec ces amies ? Tu ne les as même pas encore rencontrées. Comment peux-tu être contre elles ?

Ursula se sentit se mettre sur la défensive. Sa mère avait souvent cet effet sur elle.

— Je n'ai rien contre tes amies, insista Hui Lian, avant de soupirer lourdement. Mais il t'en faut plus.

Ursula plissa le front.

— Plus ?

Les amies qu'elle avait lui convenaient parfaitement bien. De plus, la seule personne avec laquelle elle voulait réellement passer du temps, c'était Oliver. Mais, bien sûr, il n'était pas là. Il devait rester chez Samson durant la journée.

Sa mère se rapprocha et lui saisit le menton de sorte à lui faire relever les yeux.

— Est-ce que je ne t'ai rien enseigné à propos de notre culture durant ton enfance ? Tu ne peux pas avoir quatre demoiselles d'honneur. Quatre est synonyme de mort. Et on n'invite pas la mort à un mariage.

— Hui Lian, tu ne penses pas que tu en rajoutes un peu trop ? l'interrompit soudain le père.

Ursula eut alors le déclic. Elle ne savait pas pourquoi elle avait oublié ce fait fondamental. Peut-être était-ce simplement le stress des préparatifs du mariage qui s'emparait d'elle.

— Mais tu ne peux me demander de dire à l'une d'entre elles qu'elle ne peut pas être ma demoiselle d'honneur. Ce ne serait pas juste. Papa, s'il te plaît, aide-moi, là.

Ses quatre amies se faisaient une fête d'être demoiselles d'honneur.

Sa mère lui caressa doucement les cheveux.

— Bien sûr que non, Wei Ling. C'est pourquoi tu vas devoir en trouver plus. Il nous faudra huit demoiselles d'honneur. Le nombre huit te portera chance.

Soulagée, Ursula expira.

— Je suppose que je pourrais demander à Delilah et Yvette.

— Qui sont-elles ?

— Delilah est mariée à Samson. Tu le rencontreras bientôt. Il est le patron d'Oliver. Et Yvette travaille également pour Scanguards.

— Donc, Yvette est une des secrétaires ?

Réprimant un rire, Ursula secoua la tête. Si Yvette entendait ça, elle piquerait une crise.

— Non, maman, elle est garde du corps, comme Oliver.

— Une femme ?

Ursula pouvait nettement voir les engrenages tourner dans la tête de sa mère.

— Hé bien, peut-être n'est-elle pas le meilleur choix, alors. Nous ne trouverons probablement jamais de robe pour elle.

Ursula recula.

— Quoi ? Pourquoi pas ?

— Hé bien, elle est garde du corps, tu vois… hésita sa mère en baissant la voix. Elle est probablement très masculine. N'est-ce pas ce qu'on dit ? Je veux dire, si elle est garde du corps.

N'en croyant pas ses oreilles, Ursula dodelina de la tête.

— Oh, mon dieu ! Juste parce qu'elle est garde du corps ne veut pas dire qu'elle ait l'air masculine. Il n'y a rien de viril chez Yvette. Elle est une des femmes les plus féminine que je connaisse.

Son père baissa le journal et le replia, un sourire suffisant affiché sur son visage. Le regard d'Ursula rencontra le sien, et elle dut sourire lorsque son père roula des yeux, un geste que sa mère ne remarqua heureusement pas.

— Oh ! répliqua sa mère en ayant au moins la décence de rougir. Bien, dans ce cas… Mais il nous en faut toujours deux de plus pour en avoir huit.

Parfois, Ursula se demandait vraiment comment sa mère pouvait encore s'accrocher à tous les préjugés avec lesquels elle avait grandi, alors qu'elle vivait à Washington D.C depuis les vingt dernières années et était en contact avec une population aussi diversifiée.

— N'as-tu pas d'autres amies à qui tu peux demander ?

Ursula réfléchit.

— Je suppose qu'on peut demander à Rose. Je suis certaine qu'elle le fera.

— Hé bien, c'est très inhabituel d'avoir sa future belle-mère comme demoiselle d'honneur, mais je suppose que nous n'avons pas beaucoup le choix.

— Que Rose n'entende pas ça. Je ne veux pas qu'elle pense que nous le lui avons demandé uniquement parce que nous étions dans le pétrin.

Heureusement, Rose et Quinn dormaient toujours et seraient au lit pendant encore quelques heures.

Outrée, sa mère soupira.

— Wei Ling, tu me fais passer pour quelqu'un qui n'a aucun tact. Tu as entendu ça, Yao Bang ?

Elle jeta un œil en direction de son mari qui, sachant qu'elle ne s'attendait pas réellement à recevoir une réponse, acquiesça simplement à ses paroles par un sourire.

Ursula s'abstint de rouler des yeux. Elle réfléchit plutôt à qui pourrait devenir sa huitième demoiselle d'honneur. Elle ne connaissait pas beaucoup de femmes à San Francisco. Elle avait simplement assisté à plusieurs cours depuis son évasion du bordel de sang et ne s'était pas vraiment liée à quiconque. Sa vie était avec Oliver. En outre, la nécessité de garder le secret de son fiancé l'avait forcée à s'armer de prudence en ce qui concernait les gens qu'elle invitait chez eux. Elle devait choisir quelqu'un qui était au courant pour les vampires.

…ou qui était un vampire, elle-même. Vera.

— Je connais une très gentille Chinoise. Je peux le lui demander.

— Une Chinoise ? C'est merveilleux. Qui est-ce ? Nous connaissons sa famille ?

Ursula rit sous cape.

— Maman, qu'elle soit chinoise ne veut pas dire que tu la connaisses, elle ou sa famille.

C'était plus qu'improbable considérant le fait que Vera fût un vampire depuis un certain temps. Et elle ne fréquentait pas exactement les mêmes cercles que ceux de ses parents. Ursula en était certaine. Vera tenait un bordel de très haut standing à Nob Hill, tandis que ses parents côtoyaient d'autres diplomates et fonctionnaires gouvernementaux de Washington.

— Il y a des centaines de milliers de Chinois à San Francisco.

Le bruit de la sonnette la fit sursauter. Elle jeta un œil à l'horloge. Il était rare que quelqu'un rendît visite à une famille de vampires aussi tôt. Il était à peine dix heures passées.

Elle était sur le point de se lever pour voir le visiteur lorsqu'elle entendit des pas lourds descendre les escaliers.

— J'arrive, cria Blake à celui qui avait sonné.

Un instant plus tard, elle entendit la porte s'ouvrir et une autre voix familière différente saluer Blake : Wesley, le frère d'Haven.

— Hé, j'espère ne pas être trop matinal, mais tu as dit que les gars qui montent la tente commenceraient tôt.

Leurs voix se rapprochèrent et, en l'espace de quelques secondes, les deux humains entraient dans la cuisine. Quoique ses pouvoirs laissassent beaucoup à désirer, Wesley était techniquement un sorcier. Selon les dires de Blake et d'Oliver, il n'avait toujours pas pu recouvrer tous les pouvoirs qu'on lui avait dérobés peu après sa naissance.

— Hé, bonjour à tous ! les salua Blake avant de désigner Wesley. Voici Wesley Montgomery. Wes, je te présente les parents d'Ursula : Bang Tseng et Liliana Tseng. C'est ça ?

Ursula eut un mouvement de recul et secoua la tête, indiquant à Blake qu'il venait juste de massacrer le prénom de ses parents.

— En réalité, c'est Yao Bang et Hui Lian.

Effrontément souriant, Blake se gratta la tête.

— Oh la la ! Hé bien je savais que c'était quelque chose comme Bang Bang ! dit-il en simulant un tir de pistolet avec la main. C'est comme ça que je me rappelle des choses. Vous voyez, en associant les mots à quelque chose de familier ! Désolé. Et *Liane,* c'est donc un diminutif de Lillian ?

Ursula roula des yeux. Sans prononcer le moindre mot, elle mima « *arrête* » des lèvres tout en se passant horizontalement l'index le long de la gorge. Elle pouvait toujours compter sur Blake pour tout faire foirer.

Pendant ce temps, Wesley serra poliment la main de ses parents.

— Heureux de vous rencontrer, Madame Tseng, Monsieur Tseng. J'espère que votre vol a été agréable.

Les parents sourirent à Wesley, visiblement soulagés de ne pas avoir à écouter plus longuement le massacre de leurs prénoms.

— Ai-je entendu que la tente serait montée ce matin ? demanda le père.

— Oui, c'est pourquoi j'ai pensé venir et apporter mon aide. Pour superviser les ouvriers. M'assurer qu'ils n'abîment ou ne cassent rien, proposa Wesley.

Le père d'Ursula se tourna vers elle.

— Oliver ne vient pas aider ?

— Il ne peut pas. Il protège un client, aujourd'hui, répondit rapidement Ursula, une expression de regret affichée sur le visage. Engagé à la dernière minute. Ils n'ont pu trouver personne d'autre dans un délai aussi court. C'est la pleine saison pour eux, papa.

Ce dernier haussa un sourcil.

— Oh, je ne pensais pas du tout qu'il y avait des saisons pour les gardes du corps.

— Oh si, complètement ! intervint Blake. Chaque fois qu'il y a des événements politiques ou de grandes manifestations de société, nous avons bien plus de réservations.

Le père adressa un regard examinateur à Blake.

— Vous êtes donc également garde du corps ?

Blake hocha la tête fièrement.

— Oui, je travaille également pour Scanguards.

— Moi aussi ! cria Wesley, d'une voix haut perchée, comme si tout ceci était une compétition.

Ce qui était généralement le cas entre ces ceux-là.

— Hum. Donc, si vous êtes tous les deux gardes du corps au sein de Scanguards, pourquoi se fait-il qu'Oliver ait dû se charger d'une réservation, alors qu'il devrait plutôt aider aux préparatifs du mariage à votre place ?

— Euh, marmonna Blake.

— Blake et Wesley ne sont pas encore totalement formés, dit rapidement Ursula. Ils n'ont pas encore leurs habilitations et ne sont donc pas autorisés à protéger un client tous seuls.

Cette explication sembla satisfaire son père.

— Hé bien, ça va, alors.

Un autre coup de sonnette à la porte les interrompit.

— Ce doit être les gars qui vont monter la tente. Je vais les faire rentrer, annonça Blake.

Tandis qu'il retournait dans le couloir, Wesley sur les talons, Ursula sentit la main de sa mère sur son bras. Elle se tourna vers elle.

— D'une façon ou d'une autre, nous devrons trouver des robes pour les quatre demoiselles d'honneur supplémentaires, dit sa mère en regardant la liste qu'elle tenait dans les mains.

— Je vais d'abord devoir leur parler.

— Bien. Appelle-les et, tout en parlant, demande-leur leur taille et, ensuite, nous devrons aller faire du shopping. Y a-t-il une couturière dans le coin qui pourrait nous aider à faire les retouches si nécessaire ?

Sa mère était une véritable fontaine à questions.

— Et quand nous aurons trouvé les robes appropriées, elles pourront nous rejoindre pour l'essayage.

— Mais ne pouvons-nous pas tout simplement trouver les robes, les ramener ici, les faire essayer à tout le monde et, ensuite, demander à une couturière de faire les retouches, ici ? suggéra Ursula.

Il serait impossible de faire venir Yvette, Rose et Vera durant la journée pour l'essayage. En tant que vampires, elles devaient éviter la lumière du jour. Seules les humaines et les hybrides pourraient venir essayer les robes durant la journée.

— C'est trop compliqué. Il faut le faire directement au magasin.

— Mais ça n'ira pas.

— Pourquoi pas ?

Ursula se dépêcha de trouver une excuse.

— Hé bien, elles travaillent durant la journée. Elles ne peuvent pas prendre congé.

— Rose travaille ? demanda sa mère en désignant le plafond de la tête. Mais elle dort toujours.

— Euh, balbutia Ursula, envahie par la panique. Hé bien, elle commence un peu plus tard. Je suis certaine que nous pouvons faire les essayages durant une soirée.

Sa mère lui adressa un regard contrarié.

— Tu rends tout ceci très difficile, Wei Ling ! J'essaie juste de t'aider.

— Je sais, maman, dit-elle rapidement de sorte à ne pas la bouleverser. J'apprécie, vraiment.

— Bien, alors, ne perdons pas davantage de temps.

Ursula savait déjà comment cette semaine allait se dérouler : stressante, épuisante et chaotique. Et sachant qu'Oliver ne serait pas beaucoup présent, elle en redoutait chaque minute. Après tout, cela n'avait peut-être pas été une si bonne idée de feindre devant ses parents qu'Oliver et elle n'avaient aucune relation intime. Elle aurait peut-être dû en parler dès le départ. Ses parents auraient d'abord été bouleversés, mais Oliver aurait, au moins, pu rester à la maison. Et elle aurait une épaule sur laquelle s'appuyer et des bras dans lesquels s'envelopper afin de balayer le stress des préparatifs du mariage.

6

La porte de l'entrée des fournisseurs donnant sur une allée étroite longeant la maison de Quinn était ouverte, et deux hommes portaient de lourdes barres en métal dans le passage.

Dès l'instant où le soleil s'était couché, Oliver avait parcouru à pied la courte distance qui séparait la maison de Samson sur Nob Hill du manoir de Quinn situé sur Russian Hill. Il n'avait pas pris la voiture de Samson, car il n'y avait pas d'autre stationnement possible dans le garage, et se garer dans les rues de Nob Hill était pratiquement impossible.

Oliver suivit les ouvriers le long de l'étroit passage qui menait au jardin, curieux de voir où ils en étaient dans leur travail.

Lorsqu'il y parvint, il regarda tout autour de lui. Plusieurs hommes étaient occupés à fixer des barres en métal entre elles de sorte à construire un échafaudage susceptible d'être recouvert d'énormes toiles afin de créer une tente qui recouvrirait la totalité du jardin tout en étant harmonieusement reliée à tout l'arrière de la maison, porte incluse. Une partie de cette tente couvrirait également l'autre pignon de la maison afin que les invités pussent passer par les portes fenêtres du salon et n'eussent pas à emprunter la cuisine ou la sale entrée des fournisseurs pour se rendre dans le jardin.

Les choses semblaient bouger à un rythme effréné, mais Oliver savait qu'il faudrait deux bons jours afin que la tente soit fonctionnelle. Ce ne serait qu'alors que l'on pourrait y amener d'autres choses telles les tables, les chaises et les décorations.

Oliver se détourna des ouvriers et entra par la porte ouverte de la cuisine.

Wesley se trouvait au comptoir en train de grignoter son sandwich.

— Hep ! le salua Oliver.

La bouche trop pleine pour pouvoir parler, l'apprenti-sorcier souleva la main en guise de salutation.

— Où est tout le monde ?

Wesley avala avant de répondre.

— Je suppose que par « tout le monde », tu veux dire Ursula ?

Était-il en effet si prévisible ? En tout autre temps, il aurait nié, mais la femme qui allait bientôt devenir son épouse et sa compagne lui manquait tellement qu'il se soucia peu que Wesley voulût le taquiner à ce propos.

— Alors ? Où est-elle ?

— Sortie faire les courses avec sa mère.

— Tu sais quand elles rentreront ?

Wesley haussa les épaules.

— J'ai entendu quelque chose à propos des robes des demoiselles d'honneur. C'est à ce moment que j'ai déconnecté.

— Et le père d'Ursula ?

— Probablement toujours en haut. Il a voulu s'étendre pour se reposer. Je pense que tout ce vacarme en bas doit l'avoir épuisé.

Wes déposa la moitié restante de son sandwich, se dirigea vers la porte qui menait au couloir, jeta un coup d'œil à l'extérieur, referma la porte et se retourna.

— Alors, tant que nous sommes seuls, je voulais te demander un service.

Faisant toujours preuve de méfiance lorsque Wesley voulait quelque chose, Oliver haussa un sourcil. Car, quoi que ce fût, cela se transformait toujours en petite catastrophe.

— Quel genre de service ?

Wesley se frotta le cou.

— Hé bien, tu as entendu parler des chiots, pas vrai ?

— Les chiots Labrador d'Haven que tu as un jour transformé en porcelets avec ta magie ?

Le visage de Wesley arbora un sourire penaud.

— Ouais, c'est vrai. J'ai essayé de les retransformer en chiens, mais ça n'a pas fonctionné.

Surpris, Oliver ne put réprimer le gloussement qui grandissait dans sa poitrine.

— Es-tu en train de me dire qu'ils sont toujours des porcelets ?

— Haven n'en est guère très enchanté. Donc, j'ai bûché et suis tombé sur un charme qui devrait fonctionner. La seule chose, c'est que j'ai besoin de quelques gouttes de sang de vampire pour—

— En aucun cas ! l'interrompit Oliver. Va les soutirer à ton frère !

Wesley fit la grimace.

— Il a déjà refusé. Alors, j'ai pensé que tu voudrais aider.

Oliver plissa les yeux.

— C'est pour ça que tu as proposé ton aide pour les préparatifs du mariage afin de m'amener à te donner un peu de mon sang ?

Indigné, Wesley s'énerva.

— Comme si j'allais faire ça ! J'aide parce que je le veux. Je pensais que nous étions amis.

— Tu es tout à fait prévisible, Wes !

Le jeune sorcier haussa les épaules.

— Alors ? Allez, c'est juste quelques gouttes. J'ai amené une petite fiole. Tu ne le sentiras même pas. C'est juste une piqûre d'épingle. Et tout ça, c'est pour la bonne cause. Si je ne parviens pas à retransformer ces porcelets en chiots, il se peut qu'ils se transforment en lard et en saucisse.

Oliver roula des yeux.

— Et je pense que ce sont les sobriquets que Blake leur a donnés.

Il ne connaissait que trop bien Wesley. Il harcellerait et serait une parfaite peste jusqu'à ce qu'il eût obtenu ce qu'il voulait. Il valait mieux en finir avec ça. De plus, Wes avait raison. Lui donner quelques gouttes de sang de vampire ne ferait aucun mal ni ne blesserait personne. Après tout, le sang de vampire possédait de grandes vertus curatives.

— Très bien. Mais tu m'en devras un, et ne crois pas que je ne le réclamerai pas ! Juste quelques gouttes. Et ce sera l'unique fois, concéda-t-il.

Wesley rayonna.

— Je le promets !

Il sortit de sa poche une petite fiole en verre dont la capacité ne dépassait pas les trente millilitres.

— Voilà, la moitié, ce sera juste bien.

Toujours en train de secouer la tête, Oliver allongea ses canines jusqu'à leur complète longueur. Il ressentit immédiatement une certaine puissance jaillir en lui, signe de l'émergence de son côté vampire. L'odeur persistante d'Ursula dériva à ses narines et l'emmitoufla. Si elle s'était trouvée en ce moment dans la cuisine, tandis qu'il avait ses canines allongées, il pensa qu'il ne pourrait résister à la mordre. La bouteille de sang qu'il avait prise chez Samson l'avait sustenté, mais pas vraiment satisfait. La seule chose qui pût réellement satisfaire sa faim, c'était le sang d'Ursula et son corps se tordant sous le sien.

— Euh, Oliver, le pressa Wes, le sortant de ses pensées.

Il amena rapidement le pouce près de ses lèvres et le piqua à l'aide d'une canine. Il tint la fiole sous son doigt et laissa le sang tomber goutte à goutte à l'intérieur de celle-ci tout en observant le niveau s'élever jusqu'à la moitié.

— Oh, Oliver, tu es là.

Oliver tourna subitement la tête vers la porte qui menait au couloir. Le père d'Ursula s'y tenait, l'air quelque peu pâle.

Lorsque leurs regards se rencontrèrent, les yeux de Yao Bang s'écarquillèrent sous l'effet du choc et de l'incrédulité.

— Ça ne se peut pas !

— Tes canines ! dit Wesley à voix basse, tandis qu'Oliver plissait le front.

— Merde ! jura Oliver.

Mais il était trop tard.

Ses canines ne s'étaient pas rétractées, et son futur beau-père les avait vues. Il fit un geste vers lui et le vit reculer vers la porte. Au même moment, Wesley attrapa la fiole qu'Oliver tenait toujours en main.

Oliver lança un regard fâché à Wes. À cause de lui, il s'était exposé.

Wesley haussa les épaules.

— Efface sa mémoire, alors.

Yao Bang ouvrit la bouche pour crier, mais Oliver fut sur lui avant que le moindre son ne pût sortir de sa gorge, la main sur sa bouche tout en l'empoignant de sorte à l'empêcher de s'échapper. Ce faisant, il connecta son esprit à celui de l'homme plus âgé et lui envoya ses pensées.

Vous n'avez vu rien. Vous êtes entré dans la cuisine pour un casse-croûte et nous avez vus, Wesley et moi, en train de préparer des sandwichs. C'est tout ce que vous avez vu. Vous n'avez jamais vu mes canines. Vous n'avez jamais vu de sang.

Les yeux de Yao Bang devinrent inexpressifs, toute forme de crainte étant dissipée. Soulagé, Oliver le relâcha et recula.

— Oliver, murmura Yao Bang avant d'avancer de quelques pas chancelants et d'étendre les bras pour trouver un appui.

Oliver le rattrapa avant qu'il ne tombât et le sentit ensuite se détendre dans ses bras. Il était inconscient.

— Merde !

— Qu'est-ce que tu viens de faire ? demanda Wesley.

— Je n'ai rien fait !

Effacer la mémoire de quelqu'un n'avait pas ce genre d'effet sur les humains. Personne ne s'était jamais évanoui après qu'on lui eût effacé la mémoire. Ce n'était pas normal. Quelque chose avait mal tourné.

— Merde, merde, merde !

Ursula ne devrait jamais l'apprendre.

— Appelle Maya ! Maintenant ! Qu'elle vienne au plus vite. Dis-lui de prendre l'entrée latérale afin qu'Ursula ne la voie pas quand elle rentrera.

Wesley sortit son portable et composa le numéro.

Tandis qu'Oliver déposait doucement son futur beau-père à terre et vérifiait ses signes vitaux, sa fine ouïe perçut l'ouverture de la porte d'entrée. Il inspira fortement. Merde ! Ursula et sa mère rentraient. Paniqué, il regarda tout autour de lui dans la cuisine, se demandant quoi faire.

— Ne remonterais-tu pas toutes les robes dans ma chambre à l'étage, Wei Ling ? Je fais faire du thé, dit la mère d'Ursula depuis le couloir, sa voix se rapprochant, tandis qu'elle se dirigeait vers la cuisine.

— OK, maman, entendit-il.

La réponse d'Ursula fut accompagnée du bruit de ses pas dans l'escalier.

La porte de la cuisine s'ouvrit avant qu'Oliver eût pu prendre une décision quant à ce qu'il devait faire avec Yao Bang et à la manière d'expliquer son état d'inconscience.

— Oh, mon dieu ! Yao Bang ! dit Hui Lian en courant vers l'endroit où il était étendu sur le sol. De la main, elle lui caressa la tête. Elle fusilla alors Oliver du regard.

Une réponse inadéquate trônait déjà sur ses lèvres, mais il ne put l'exprimer.

— Il ne faut pas le dire à Ursula. Promets-le-moi, demanda-t-elle à Oliver en le suppliant du regard.

Surpris, Oliver s'écarta. Que savait-elle ? Soupçonnait-elle qu'il fût une créature immortelle et savait-elle ce qu'il avait fait à son mari ? Mais, comment ?

— Il a des syncopes répétées. Les docteurs pensent que c'est peut-être de l'anémie. Mais nous n'avons pas eu le temps de lui faire passer d'autres analyses avant le voyage. Oh, Dieu, j'avais espéré que ça ne se reproduise pas.

— Maya est en chemin, interrompit Wesley.

— Maya ? demande Hui Lian, les sourcils froncés tant elle était troublée.

Oliver posa une main réconfortante sur son avant-bras.

— Elle est médecin. Elle l'auscultera. Il va se remettre.

Un sentiment de soulagement inonda Oliver. Ce n'était pas le fait d'avoir effacé la mémoire de Yao Bang qui avait causé ceci. Il avait paru pâle dès l'instant où il était entré dans la cuisine. Il avait probablement été sur le point de s'évanouir même s'il n'avait pas vu les canines d'Oliver. Et pourtant, ce dernier se sentait responsable de ce qui s'était passé.

— Mais il ne faut pas qu'Ursula voie le docteur arriver. Elle va s'inquiéter. Elle n'a pas besoin de ça la semaine de son mariage, affirma la mère.

— Je vais la distraire et la garder à l'étage jusqu'à ce que Maya soit partie.

Reconnaissante, Hui Lian lui adressa un sourire.

— Merci beaucoup, vraiment. Tu es un homme bon.

Durant un instant, leurs regards se connectèrent et, pour la première fois, Oliver ressentit de l'affection pour la mère d'Ursula. Elle voulait ce qu'il y avait de mieux pour sa fille et ne voulait pas détruire le bonheur d'Ursula, même si cela signifiait devoir lui cacher des choses. C'était ce qu'ils avaient en commun. Tous deux auraient des secrets pour Ursula si cela avait pour but de la rendre heureuse.

7

Ursula déposa les sacs sur le sol de la chambre d'Oliver, là où ses parents demeuraient, et se laissa tomber sur le lit tout en se débarrassant de ses chaussures en un coup de pied. Tout ce qu'elle voulait, c'était se rouler en boule et se cacher. Elle était épuisée, et ses nerfs étaient tendus au point de lâcher à la moindre contrariété. Passer du temps à faire du shopping avec sa mère avait été une vraie torture.

Elle fixait le plafond, soupirant lourdement, lorsque la porte s'ouvrit. Elle se rassit immédiatement. Un sourire se forma sur ses lèvres lorsqu'elle posa les yeux sur son visiteur : Oliver.

— Hé, bébé ! la salua-t-il en l'attirant dans ses bras tout en s'asseyant sur le lit.

Avant qu'elle n'eût pu prononcer son nom, il laissa glisser ses lèvres sur les siennes et l'embrassa goulûment. Quoiqu'il l'eût toujours embrassée passionnément, Ursula sentit que ce baiser était plus intense, plus pressant qu'à la normale.

Oliver la relâcha après plusieurs secondes palpitantes.

— Il semble que je t'ai manqué, murmura-t-elle tout contre ses lèvres. Nous devrions peut-être être séparés plus souvent.

Il grogna profondément et tout bas.

— Ne me taquine pas. Tu sais comment je deviens quand tu joues avec moi.

Ursula ne put s'empêcher de glousser. Elle aimait quand Oliver devenait primaire et possessif, alors qu'elle aurait précisément dû mépriser ce trait de caractère chez n'importe quel homme. Avoir été emprisonnée pendant trois ans par des vampires complètement fous aurait dû l'effrayer pour toujours de sorte à ne plus jamais vouloir qu'un autre homme pût agir avec possessivité à son encontre. Mais, curieusement, lorsqu'Oliver le faisait, cela semblait juste. Elle voulait être à lui. Pour toujours.

Ursula laissa courir les doigts le long de son cou et le vit manifestement déglutir lorsqu'elle lui caressa l'artère qui palpitait sous sa peau.

— J'aimerais pouvoir commencer notre nouvelle vie ensemble sans toute cette agitation.

Oliver s'écarta de quelques centimètres et la regarda d'un air narquois.

— Quelle agitation ?

Du bras, elle fit un geste englobant.

— Ceci. Le mariage, les demoiselles d'honneur, les achats, les fleurs, tout.

— Quoi ? Mais nous le faisons pour toi. Je me fiche complètement d'avoir un grand mariage. Bon sang, si j'avais voix au chapitre, je te traînerais dans un endroit reculé avec un grand lit et me lierais par le sang avec toi immédiatement.

— Je n'ai jamais voulu d'un grand mariage non plus. Mais regarde ça, maintenant.

Elle désigna la fenêtre par laquelle on distinguait la grande tente qui était en train d'être érigée à l'extérieur. Je ne suis pas certaine d'être préparée à tout ça.

— Alors pourquoi le faisons-nous ? demanda Oliver en lui repoussant une mèche de cheveux derrière l'oreille.

Elle se pressa tout contre la paume de sa main tant elle aimait la façon dont son toucher la réconfortait.

— Mes parents. Ils veulent ça. Ils pensent que, si le mariage est parfait, notre vie en tant que mari et femme sera idéale.

Et tout particulièrement sa mère. On aurait peut-être pu convaincre son père de faire quelque chose de plus petit et de plus simple, mais cela n'aurait même pas été possible une fois sa mère consultée.

— Notre mariage sera parfait. Je te le promets.

Ursula soupira.

— Mais cette cérémonie sera un désastre, répliqua-t-elle en pointant les sacs du doigt. Sais-tu dans combien de magasins ma mère m'a traînée pour trouver des robes assorties pour les demoiselles d'honneur supplémentaires ?

— Des demoiselles d'honneur supplémentaires ? Ce n'est pas assez avec quatre ?

— Quatre est un mauvais chiffre en chinois. Cela est synonyme de mort. Donc, quand maman l'a appris, elle a failli avoir une attaque ! Elle insiste pour que nous ayons huit demoiselles d'honneur, car huit est un nombre qui porte chance.

Oliver secoua la tête.

— Elle ne peut pas réellement croire ça !

Ursula roula des yeux.

— Tu ne connais pas ma mère ! Elle est superstitieuse, contrôle tout, perfectionniste, et elle me rend—

— Non, Ursula, dit-il doucement en posant un doigt sur ses lèvres. Ta mère ne veut que le meilleur pour toi. Elle veut que tu sois heureuse et ferait n'importe quoi pour toi.

Ursula sentit ses sourcils se froncer brusquement.

— Comment peux-tu le savoir ? Tu la connais à peine.

Oliver sourit.

— J'ai juste ce sentiment. Fais-moi confiance. Elle fait ça pour toi. Ne gâche pas ça. Je sais que tu es stressée.

— Stressée est un euphémisme. Je dois encore rassembler toutes les demoiselles d'honneur pour un essayage et, étant donné que quatre d'entre elles sont des vampires, on ne peut pas le faire durant la journée. Je manque d'excuses quant à la raison pour laquelle il faut que ça se fasse durant la nuit. Et ensuite, il y a le gâteau, et maman veut que je fasse des bonbonnières, puis il faut encore aller acheter quelques décorations de table spéciales. Et ensuite, il y a les fleurs—

— Arrête, bébé. Je vais m'occuper de certaines de ces choses pour toi.

— Tu le ferais ? Vraiment ?

Il l'attira contre sa poitrine.

— Bien sûr que je le ferai. C'est également mon mariage. Et si je m'occupais des fleurs et du gâteau ? Tu ne devras pas du tout t'en inquiéter.

Ursula projeta ses bras autour du cou d'Oliver.

— Tu es le meilleur !

Oliver lui sourit ouvertement tout en lui adressant un clin d'œil.

— Je suis le meilleur pour beaucoup de choses. Tu veux que je te le rappelle ?

Elle haleta, s'ôta de ses bras et lança un regard paniqué en direction de la porte.

— On ne peut pas ! Si ma mère entre et nous voit, elle va me faire la leçon sur le sexe avant le mariage, et je ne suis vraiment pas d'humeur à ça.

Oliver gloussa.

— Ta mère est occupée dans la cuisine. Elle ne nous dérangera pas pendant un moment.

— Tu ne la connais pas. De plus, il ne faut pas une éternité pour préparer du thé. Elle sera ici d'un moment à l'autre.

Ursula sauta du lit et se dirigea vers la fenêtre. Par-dessous, on montait la tente, quoiqu'à ce stade, elle ressemblait plus à un échafaudage utilisé pour peindre une maison qu'à une tente. Quelques hommes travaillaient encore, et des projecteurs avaient été installés pour les aider à voir dans l'obscurité.

— Quand est-ce que la tente sera montée ?

Elle entendit Oliver se redresser et venir vers elle. Il pressa ensuite son corps contre son dos et enroula un bras autour de sa taille.

— Peut-être encore un jour ou deux.

— Oliver ?

— Oui ?

— Est-ce que tu penses parfois au moment où nous nous sommes rencontrés ?

— Tout le temps.

Elle tourna à moitié la tête pour le regarder.

— Je suis contente de m'être évanouie dans tes bras. Tu m'as sauvée.

Oliver sourit et secoua la tête.

— Non, *tu m*'as sauvé. J'étais dans une spirale descendante. Si je ne t'avais pas rencontrée, cette nuit-là, je me serais enfoncé jusqu'à, un jour, devenir la proie de ce désir de sang. J'ai été chanceux de te trouver.

Elle se haussa sur la pointe des pieds et se retourna dans les bras de son fiancé.

— J'espère que nous serons toujours aussi heureux que maintenant.

— Nous serons même plus heureux lorsque nous nous serons liés par le sang. Je pourrai alors mieux te protéger.

Ces mots la surprirent.

— Que veux-tu dire ?

— Grâce à ce lien, je serai capable de ressentir quand tu seras en danger. Et nous pourrons communiquer télépathiquement.

Elle connaissait tout à propos de cet aspect du lien par le sang. Mais certains des mots prononcés par Oliver l'amenèrent à le questionner.

— Pourquoi serais-je en danger ?

Il haussa les épaules.

— Je dis ça, je dis rien. Si quoi que ce soit se produit, je le saurai.

Ursula lui donna une tape sur l'épaule.

— Ne me flanque pas la trouille ! Rien ne se produira. Je suis en sécurité, ici.

Il déposa un baiser sur son front.

— Oui, tu es en sécurité avec moi.

8

— C'est trop étroit, se plaignit Delilah.

Elle était l'une des onze femmes réunies dans le salon du manoir de Quinn et de Rose, huit d'entre elles essayant leur robe de demoiselle d'honneur. Ursula jeta un œil en direction de sa mère qui aidait la couturière à faire quelques ajustements sur la robe d'Yvette. Ou plutôt qui menait la pauvre femme à la baguette.

Sa mère n'avait pas entendu Delilah dans le brouhaha de cette pièce momentanément interdite aux hommes. En fait, Blake avait été posté de l'autre côté de la porte afin de s'assurer qu'aucun des ouvriers qui transportaient les chaises et les tables dans la tente ne pût accidentellement entrer dans la pièce remplie de ces femmes en petite tenue.

— Laisse-moi t'aider, proposa Ursula en s'approchant de Delilah.

Delilah, la jolie dame aux cheveux foncés et yeux vert, avait une superbe silhouette, quoique ses hanches fussent un peu plus rondes que celles des autres femmes de l'assemblée. Pas étonnant puisqu'elle avait donné naissance à un enfant un an auparavant et éprouvait visiblement quelques difficultés à se débarrasser des derniers kilos pris lors de la grossesse.

— Merci, Ursula. Je ne veux pas paraître difficile, mais si je tire la fermeture éclair jusqu'en haut, je ne pourrai pas respirer. Je ne peux pas faire entrer mes seins dans cette robe. Et je jure que je n'ai mangé aucun cookie depuis ces deux dernières semaines !

Ursula gloussa et captura le regard de Maya, laquelle se tenait tout près et se mit à se rapprocher. Cette dernière laissa longuement errer les yeux sur Delilah et se pencha ensuite un peu plus près.

— Je doute que ce soit les cookies, Delilah, dit Maya, une lueur dans les yeux. Si ça ne te dérange pas que je te dise ça en tant que médecin, ce ne sont généralement pas les cookies qui font gonfler les seins.

Ursula remarqua la façon dont Delilah aspira de l'air.

— Tu ne penses pas—

Elle s'arrêta et laissa courir une main le long de son torse avant de la laisser reposer sur son ventre.

— Mais nous avons essayé d'être prudents, ajouta-t-elle.

Ses joues se colorèrent joliment.

Ursula n'avait pas à être neurochirurgien pour comprendre ce à quoi Maya faisait allusion.

— Es-tu en train de dire que Delilah est enceinte ? murmura-t-elle afin que personne d'autre dans la pièce ne pût entendre. Excepté peut-être les autres femmes vampires présentes dont l'ouïe était supérieure à celle des humaines : Rose, Yvette, Vera, de même que Portia et Lauren, toutes deux hybrides, mi-vampires, mi-humaines.

Maya sourit à Delilah.

— Je pense que tu devrais venir faire une analyse, dans les prochains jours. Pour en être certaine. J'adorerais suivre ta grossesse du début jusqu'à la fin, cette fois. La dernière fois, je n'en ai eu que la toute fin.

— C'est-à-dire, si je suis réellement enceinte. Il se peut juste que je prenne du poids ! plaisanta Delilah.

— Avec un homme comme Samson ? demanda Maya en regardant Ursula qui ne put s'empêcher de rire.

— Maya a raison. Je veux dire, je ne connais pas si bien Samson que ça mais, s'il ressemble quelque peu à Oliver, alors je suis surprise que tu n'aies encore qu'un enfant.

Choquée par ses propres mots, Ursula claqua une main sur sa bouche et examina ensuite la pièce du regard pour voir si sa mère était tout près. À son grand soulagement, celle-ci était toujours en train de harceler la pauvre couturière en lui donnant des conseils sur la façon de faire son travail.

Lorsqu'elle se retourna vers Maya et Delilah, toutes deux gloussaient.

— Je suppose que notre Oliver est devenu un vrai homme, dit Delilah, l'affection qu'elle lui portait brillant dans ses yeux et à travers ses paroles.

Soudain embarrassée, Ursula baissa les paupières.

— Mes parents ne sont pas au courant.

Sentant une main sur son avant-bras, Ursula releva les yeux. Maya lui serra furtivement le bras.

— Et ils ne l'apprendront pas par nous.

— Merci !

— Alors, à propos de la robe, commença Delilah.

— Ne t'inquiète pas, dit Ursula. Il doit y avoir une assez grande couture intérieure que la couturière pourra relâcher afin de l'élargir suffisamment pour que tu puisses respirer confortablement. Laisse-moi aller la chercher.

Ursula se dirigea vers la couturière agenouillée devant Yvette en vue d'ajuster la couture de sa robe. Elle la gratifia d'une tape sur l'épaule.

— Mademoiselle Petrochelli ? Pourriez-vous venir aider mon amie Delilah, s'il vous plaît ? Sa robe est trop étroite. Vous allez devoir relâcher un peu la couture.

— Trop étroite ? interrompit sa mère, un regard paniqué sur le visage. Mais tu as dit qu'elle portait une taille trente-huit. Et nous lui avons acheté une taille trente-huit.

— Oui, mais elle est juste un peu trop étroite, dit Ursula en tentant de l'apaiser.

Mais, apparemment, c'était déjà trop tard. Sa mère était passée en mode panique et se dirigeait déjà vers Delilah.

Tout en soupirant, Ursula regarda par-dessus son épaule et observa la façon dont sa mère passait derrière Delilah de sorte à remonter sa fermeture éclair. Elle gesticula ensuite sauvagement, et Ursula dut se détourner. Elle ne pouvait regarder. Cela ne ferait qu'augmenter son stress.

— Ta mère prend les choses trop au sérieux, dit soudain Yvette, amenant ainsi Ursula à la regarder et à sourire.

— N'est-ce pas ce que font toutes les mères ?

Elle haussa simplement les épaules et laissa ensuite ses yeux errer sur la robe rouge d'Yvette.

— Tu es magnifique là-dedans. C'est tout à fait ta couleur.

Yvette afficha un large sourire.

— Je l'adore. J'étais juste un peu surprise que tu aies choisi le rouge pour les robes des demoiselles d'honneur. Généralement, les demoiselles d'honneur se voient porter d'horribles couleurs comme le rose ou l'orange, juste pour ne pas souffler la vedette à la mariée.

— Le rouge est synonyme de chance dans un mariage chinois. Plus il y a de rouge, mieux c'est. De plus, avec vous toutes qui avez des cheveux foncés, mis à part Rose et Nina, j'ai pensé que c'était une couleur qui vous irait bien.

Elle gloussa.

— Et de toute façon, Rose et Nina peuvent porter n'importe quelle couleur.

Yvette se mit à rire et lui fit un clin d'œil.

— Oui, c'est toujours plus facile pour les blondes.

Ursula ne l'avait jamais vue si gaie. Tandis qu'elle se mettait à rire, de concert avec Yvette, elle entendit sa mère haleter sous le choc et se retourna, se demandant ce qui n'allait pas.

Sa mère avança vers elle d'un pas raide, les yeux écarquillés, un regard consterné sur le visage.

— Pourquoi ne me l'as-tu pas dit ?

Instinctivement, Ursula recula. Quelqu'un avait-il laissé échapper qu'elle vivait avec Oliver ?

— Dit quoi ? tenta-t-elle de demander en essayant de gagner du temps.

— À propos de la date de naissance d'Oliver !

Les joues de sa mère se mirent à rougir, tandis qu'elle haussait la voix.

Les autres femmes se turent et les fixèrent soudain des yeux.

— Pourquoi ne m'as-tu pas dit qu'il était né le quatre avril ?

Ursula dévisagea sa mère d'un air ébahi.

— Quoi ?

Et qui le lui avait dit ? Elle regarda le visage de ses demoiselles d'honneur et vit Rose hausser les épaules en faisant un geste d'impuissance.

— Ta mère l'a demandé afin de pouvoir faire l'horoscope comme cadeau surprise, dit Rose en s'excusant.

— Le quatrième jour du quatrième mois, Ursula ! Comment as-tu pu me cacher cela ? demanda à nouveau Hui Lian.

Ce fut à ce moment que le déclic se fit. C'était un mauvais présage. Le quatre étant associé à la mort dans la culture chinoise, le fait que le marié eût deux quatre dans sa date de naissance était synonyme de désastre. Pour avoir grandi la plupart du temps avec la culture occidentale, Ursula ne croyait pas en ces superstitions, mais sa mère était toujours trop enracinée dans ces vieilles croyances.

— Ça n'a pas d'importance, maman, répondit-elle.

— Ça en a ! N'as-tu aucun respect pour ton patrimoine ? Aucune croyance en notre culture ?

Ursula entendit vaguement sonner le carillon de la porte.

— Je me fiche de quand il est né. Je l'aime !

Sa mère dodelina de la tête.

— Nous devons changer les choses. Je vais faire faire l'horoscope et voir s'il y a un jour pour l'épouser qui neutralisera celui de sa date de naissance. Un jour qui portera plus bonheur que les autres.

— C'est ridicule ! Je ne ferai pas ça ! Je me marie dans deux jours, et c'est comme ça ! clama Ursula en courant vers la porte.

— Ursula ! cria sa mère.

— Madame Tseng, entendit-elle Vera l'appeler. Je peux peut-être aider. Je suis experte en numérologie chinoise.

Ursula refoula ses larmes, tandis qu'elle ouvrait la porte et faisait un pas dans le couloir. Elle douta de la capacité de Vera à influencer sa mère. Après tout, Vera était la propriétaire d'un bordel. Oui, elle était chinoise, mais cela voulait-il réellement dire qu'elle connaissait quelque chose aux croyances superstitieuses de sa mère ou à la façon de les dissiper ?

~ ~ ~

Il avait débarqué quelques chaises pliantes du camion garé à l'extérieur et s'était simplement engagé dans le jardin sans être arrêté par quiconque. Sous la tente, il déposa les chaises autour d'une table, tandis que ses yeux s'imprégnaient du décor.

Divers ouvriers s'affairaient à ériger une estrade pourvue d'un baldaquin sur lequel la cérémonie aurait assurément lieu, pendant que d'autres apportaient des tables et des chaises et les disposaient sur les planches en bois posées sur l'herbe de sorte à former un plancher régulier.

De ce qu'il pouvait en voir, il n'y avait aucun vampire parmi les ouvriers. Et si un des humains réalisait qu'il n'avait rien à faire là, il pourrait utiliser le contrôle de l'esprit afin de se garantir qu'il n'y aurait aucun souci.

Regardant par-dessus son épaule, il s'assura que personne ne le remarquât et se dirigea d'un pas ferme vers la porte menant à l'arrière de la maison. Il entra rapidement et ne trouva personne dans la grande cuisine. Il poussa la porte donnant sur le couloir et vit un humain qui montait la garde devant une porte. Un grand et jeune homme qui ne pouvait avoir plus de vingt-cinq ans. S'il le devait, il pourrait maîtriser cet humain en quelques secondes.

Il poussa un peu plus la porte du coude. Au même moment, la sonnette de la maison retentit.

L'humain soupira et se dirigea vers la porte d'entrée, lui tournant ainsi le dos. C'était juste le temps dont il avait besoin pour sortir de la cuisine et avancer silencieusement dans le couloir. Il se précipita rapidement dans une autre pièce qu'il identifia, par les odeurs qu'elle dégageait avant même d'en ouvrir la porte, comme étant une buanderie. Il referma la porte en la laissant légèrement entrouverte de sorte à pouvoir surveiller le couloir depuis sa cachette. Il n'était qu'à quelques pas de l'escalier qui menait à l'étage supérieur, là où il voulait aller pour trouver la chambre d'Ursula et l'y attendre. Elle finirait par s'y rendre. Attendre était tout ce qu'il avait à faire.

— Hep, Samson, Amaury !

L'humain salua les deux vampires qui entraient à présent dans le vestibule.

Il eut envie de grogner, mais en réprima le désir. Le patron de Scanguards et un de ses associés haut placés qui se pointaient ici n'était pas une situation commode. Il n'avait pas besoin de plus de vampires sur les lieux qu'il n'y en avait déjà. Il lui était suffisamment difficile d'éviter ceux qui se trouvaient dans la maison. Bien que caché, il devait s'armer de prudence afin de ne pas se retrouver trop près de l'un d'entre eux, car ces derniers pourraient le flairer et comprendre qu'il n'avait rien à faire à cet endroit. Il espéra que le fait d'être retranché dans une buanderie qui sentait la javel et la lessive l'aidât à dissimuler son odeur.

— Hep Blake ! répondit Samson.

— Qu'est-ce que vous faites ici, les gars ? Je pensais que vous gardiez Isabelle.

— Je l'ai laissée avec Zane.

— Bien, dans ce cas, vous voulez aider ?

Amaury se mit à rire.

— Pas vraiment. Nous sommes juste ici pour reprendre Nina et Delilah.

D'un signe de tête, Blake désigna la porte qu'il surveillait un peu plus tôt.

— Elles sont toujours là-dedans en train d'essayer les robes. J'ai peur que vous ne puissiez y rentrer dans l'immédiat.

La porte s'ouvrit juste à ce moment. Le parfum d'Ursula dériva vers lui avant même qu'il ne la vît émerger. Elle sortit en courant de la pièce et se heurta presque à l'imposante carrure d'Amaury.

— Je suis désolée. Je ne t'ai pas vu, Amaury, s'excusa-t-elle en toute hâte, la voix remplie de larmes.

— Quelque chose ne va pas ? demanda ce dernier en enroulant la paume de la main autour de son avant-bras, tandis qu'elle tentait de le pousser pour se diriger vers l'escalier.

Elle secoua la tête et se libéra de sa poigne.

— Rien ! répondit-elle en reniflant.

Blake fit quelques pas vers elle.

— C'est encore ta mère ?

Ursula acquiesça d'un hochement de tête.

— Qu'est-ce qui se passe ? demanda Samson, les yeux passant, à la vitesse d'une flèche, d'un humain à l'autre.

Ursula se retourna vers eux.

— Elle n'aime pas la date de naissance d'Oliver !

Un sanglot se délogea de sa poitrine, tandis qu'elle tourbillonnait et gravissait les marches en courant.

— Oh, merde ! jura Blake.

— Est-ce qu'il ne faudrait pas que l'un de nous l'accompagne pour la calmer ? se demanda Amaury.

Dans sa cachette, il plissa les yeux. Non, il ne voulait pas que quiconque la suivît, car elle se trouvait juste là où il voulait qu'elle fût. Elle serait dans sa chambre, seule, à pleurer toutes les larmes de son corps pour quelque raison que ce fût. Elle ne l'entendrait même pas ouvrir la porte et entrer. Elle serait face contre le lit. Il n'avait pas pensé que ce serait si facile.

Blake secoua la tête.

— Laisse-lui juste un peu de temps, seule. Ursula et sa mère ont eu quelques engueulades du genre. Ça passera.

Un sentiment de soulagement l'inonda lorsque les deux vampires hochèrent la tête en guise d'accord.

Parfait !

À présent, il n'avait plus qu'à attendre. Ces trois-là allaient quitter le vestibule, et il pourrait monter et l'attraper. Plus que quelques minutes.

— Alors, où est Oliver ? demanda Samson.

— Il est sorti avec Wes. Quelque chose à propos des fleurs, répliqua Blake.

Samson et Amaury échangèrent un regard.

— Excellent. Il ne pourra donc pas nous entendre.

— À quel propos ? demanda curieusement l'humain.

— Au sujet du cadeau de mariage. Nous avons besoin de ton aide.

Amaury désigna une autre porte, la première à côté de l'entrée.

— Entrons dans le bureau, ajouta-t-il.

Blake jeta de nouveau un œil sur la porte qu'il avait surveillée.

— Mais je suis censé surveiller qu'aucun des ouvriers n'entre là-dedans pendant que les filles essaient leurs robes.

— Ça ne prendra que quelques minutes, lui assura Samson.

Quelques instants plus tard, les trois disparurent dans le bureau et fermèrent la porte derrière eux.

Il sourit. Finalement, les choses allaient dans son sens. Il regarda d'un bout à l'autre du couloir, puis ouvrit plus grand la porte avant de s'approcher de l'escalier, sur la pointe des pieds. Dès que son pied fut posé sur la première marche, il sut qu'il était hors de danger. L'épaisse moquette de l'escalier absorbait le bruit de ses pas, tandis qu'il le gravissait.

Arrivé sur le palier, il bifurqua et inhala. Il pouvait sentir la faible odeur du sang si spécial de la prostituée. Cela lui démangea les gencives. Ses canines descendirent en prévision de ce festin spécial qu'il était sur le point d'apprécier.

Il longea le couloir, chaque pas le rapprochant de son but. Il atteignit la porte et posa la main sur la poignée.

— Ursula !

Une voix féminine provint de l'étage inférieur. Au même moment, quelqu'un montait les escaliers en courant.

Jurant en silence, sa tête se tourna brusquement en direction du bruit, tandis que ses pieds se préparaient de manière automatique à une rapide évasion.

Il put entrevoir l'arrière d'une tête et la robe rouge d'une femme qui entrait dans son champ de vision. Elle ne l'avait pas encore vu, mais ce serait chose faite dans une seconde ou deux, lorsqu'elle bifurquerait sur le palier.

Une des demoiselles d'honneur.

Mais pas une humaine. Selon son aura, elle était un vampire.

Rageant de l'intérieur, il se précipita dans la chambre la plus proche et referma silencieusement la porte derrière lui.

Il pouvait toujours l'entendre, tandis qu'elle s'approchait de la chambre d'Ursula et frappait à la porte.

— Ursula, chérie, c'est Vera. Je l'ai calmée.

La porte s'ouvrit alors.

Il serra les poings tout en tentant de se tempérer. Il y aurait d'autres opportunités comme celle-ci.

Il devait juste faire preuve de patience.

Mais pour ce soir, il y avait vraiment trop de vampires dans la maison. Il valait mieux sortir avant que quelqu'un ne pût le reconnaître et comprendre ce qu'il préparait.

9

— Rouge ?

Incrédule, Oliver fixa Wes du regard, alors que l'humain arrêtait la voiture en face de la maison de Quinn.

— Tu as changé les porcelets en rouge ?

Wes haussa les épaules.

— Hé bien, c'était mon premier essai. Je dois juste travailler le sortilège. Je suis certain que, la deuxième fois, ça fonctionnera comme un charme.

Oliver avait déjà commencé à hocher négativement la tête avant que Wesley n'eût prononcé la dernière phrase.

— Non ! s'exclama-t-il.

— Oh, allez ! J'ai juste besoin de quelques gouttes. C'est tout ! le supplia Wes en lui lançant un regard de chiot destiné à l'attendrir.

Mais Oliver ne céda pas.

— J'ai dit non ! De toute évidence, quel que soit le charme que tu essaies, ça ne fonctionne pas. Ça ne sert à rien de gaspiller davantage de mon sang pour ça.

Ursula serait la seule personne à recevoir son sang. Cela faisait partie du rituel du lien par le sang et, bien qu'elle demeurerait humaine… et fertile, cela la rendrait immortelle. Dès qu'ils seraient liés par le sang, elle pourrait concevoir son enfant.

— Mais je pense vraiment que ça marchera, la prochaine fois. Je dois juste trouver le bon dosage.

Oliver soupira.

— Wes, je déteste dire ça, mais ne penses-tu pas que la sorcellerie n'est peut-être pas vraiment ta vocation ?

Wesley claqua la paume de sa main sur le volant.

— Je suis né sorcier ! Et que je sois damné si je ne peux pas le redevenir !

— Qu'as-tu à prouver ? Trouve juste un domaine où tu seras bon.

— Facile à dire ! Haven est un vampire, et Kimberly est une grande actrice. Et que suis-je, moi ? Suis-je le seul membre de la fratrie à ne savoir rien faire par lui-même ? Ne comprends-tu pas ? Je veux être quelqu'un. Je veux faire quelque chose d'utile.

Oliver secoua la tête, quoique, d'une certaine façon, il ne comprenait que trop bien Wes.

— Mais tu es quelqu'un. Tu suis une formation de garde du corps avec Scanguards. N'est-ce pas quelque chose, ça ?

Wes tourna la tête et regarda par la fenêtre latérale, fixant l'obscurité.

— Et tu sais aussi bien que moi comment j'ai obtenu ce poste. Parce que j'ai offert mon sang, la nuit où tu as été transformé. Samson s'est senti obligé. Penses-tu qu'il m'aurait réellement proposé une formation en tant que garde du corps si je ne lui avais pratiquement pas fait de chantage ?

— Es-tu en train de me dire que tu as des scrupules à ce sujet ?

Wes haussa les épaules.

— Parfois, je me demande juste ce qui adviendrait de moi si Hav et Scanguards n'existaient pas. Tu vois…

Il jeta un coup d'œil en direction d'Oliver.

— …J'ai besoin d'avoir quelque chose qui se distingue de ça. Quelque chose qui soit juste à moi.

Lentement, Oliver hocha la tête.

— Je le comprends. Vraiment. Mais tu ne peux pas forcer les choses.

Il tendit la main vers la poignée et ouvrit la portière.

— Ça viendra. Sois juste patient.

Ensuite, il sortit et se dirigea vers la porte d'entrée. Lorsqu'il l'atteignit, il sentit une étrange sensation de picotement lui remonter la nuque, en douce, avant de s'y arrêter. Captant diverses odeurs tant inconnues que familières, il inspira profondément. Secouant la tête afin de se débarrasser de cette étrange sensation, il sortit la clé de sa poche et l'inséra dans la serrure. Ce mouvement eut pour effet de pousser la porte. Elle n'avait pas été verrouillée.

Prudemment, il fit un pas dans cet intérieur bien éclairé. Des voix dérivèrent vers lui depuis la porte ouverte du salon et de la cuisine, à l'arrière. Un des ouvriers avait peut-être laissé la porte ouverte en partant. Il devrait parler à Quinn de la sécurité dans la maison pendant le mariage. C'était déjà suffisamment moche qu'autant d'entrepreneurs pussent entrer et sortir à toutes les heures de la journée mais, savoir qu'ils étaient négligents et laissaient les portes ouvertes de sorte que n'importe qui pût juste entrer depuis la rue, était inexcusable.

Ce n'était pas parce qu'ils avaient fait face aux récentes menaces que représentaient les dirigeants du bordel de sang et leurs clients, de même que les vampires dotés des habiletés spéciales du contrôle de l'esprit qui avaient presque écrasé Scanguards, que cela voulait dire qu'ils n'avaient plus d'ennemis.

— Hé, Oliver. Heureuse de pouvoir te voir seul.

Il leva les yeux et vit Maya franchir la porte du salon et s'approcher de lui.

— Hé, Maya.

Il désigna le sac qu'elle tenait en main, une robe rouge dépassant de celui-ci.

— Je vois que vous avez essayé vos robes de demoiselles d'honneur. Jolie couleur. Je ne savais pas du tout qu'elles étaient rouges, ajouta-t-il.

Elle sourit.

— Un truc chinois qui porte chance, je suppose.

Elle lança un rapide coup d'œil par-dessus son épaule.

— J'ai juste pensé que tu devrais le savoir. Je suis passée voir ton futur beau-père. Il va bien. J'ai pratiqué une analyse de sang, et ses médecins ont raison. C'est juste un peu d'anémie. Rien d'inquiétant. Je lui ai donné quelques médicaments pour le dépanner jusqu'à ce qu'il rentre chez lui.

— C'est un soulagement. Au moins, ça signifie qu'on ne doit pas inquiéter Ursula avec ça. Elle est suffisamment stressée comme ça.

Depuis ces derniers jours, elle semblait épuisée, la plupart du temps. Et il n'aimait pas cet air qu'elle arborait, un air qui disait qu'elle voulait que tout ceci se terminât.

— Euh, à ce propos.

— Quoi ? demanda-t-il, immédiatement inquiet.

— Ursula et sa mère ont eu une autre discussion, ce soir.

Il se passa une main dans les cheveux.

— À quel sujet ?

— Ta date de naissance.

— Qu'est-ce que mon anniversaire a à voir avec le mariage ?

— Tout, apparemment. Tu as deux fois le chiffre quatre dans ta date de naissance.

— Donc ?

— En chinois, ça porte malheur.

— Bon sang ! Superstition de merde !

— Enfin, bien sûr, c'est de la superstition, mais ce n'est pas si différent des occidentaux qui trouvent que le vendredi treize apporte la poisse. Malheureusement, cela bouleverse vraiment Ursula.

Les yeux de Maya se levèrent en direction du plafond.

— Je vais m'en occuper. Merci, Maya.

Il gravit l'escalier en courant, deux marches à la fois. Personne n'avait le droit de bouleverser la femme qu'il aimait, pas même sa future belle-mère. Et tout particulièrement à propos d'une chose aussi stupide qu'un anniversaire.

Sans frapper, il entra dans la chambre d'amis.

— Ursula !

Elle n'était pas seule. Vera l'entourait de ses bras et lui caressait les cheveux. Toutes deux levèrent les yeux lorsque la porte se referma derrière lui.

— Juste à temps, dit calmement Vera en se levant du lit.

Oliver attira immédiatement Ursula dans ses bras et lui frotta le dos.

— Je suis si désolé, bébé. Je viens juste d'apprendre. Dis-moi, que puis-je faire ?

Il la regarda dans ses yeux tachés de larmes, et son cœur se mit à saigner pour elle.

— J'ai une idée quant à la manière d'arranger ça, répondit Vera avant qu'Ursula ne le fît.

Oliver la regarda.

— Comment ? La dernière fois que je me suis renseigné, personne ne pouvait changer sa date d'anniversaire à sa guise.

— Hé bien, techniquement, ton anniversaire est le jour où tu as été transformé en vampire, ce qui, je crois, était le 8 août. Et cela signifie que tu as deux 8 dans ta date de naissance. Et ça porte grandement bonheur !

— Oui, mais tu ne peux pas dire ça à la mère d'Ursula sans lui révéler que je suis un vampire.

— Bien sûr que non ! Mais je peux utiliser le contrôle de l'esprit pour lui faire croire qu'elle a entendu le 8 août au lieu du 4 avril, quand Rose lui a parlé de ton anniversaire.

Ursula se libéra de l'étreinte d'Oliver et se rassit sur les talons.

— Ce n'est pas une solution ! Nous ne pouvons pas continuer à effacer la mémoire de mes parents quand il se passe quelque chose qu'ils n'aiment pas.

— Mais c'est ce que nous avons fait quand tu t'es enfuie de chez ces vampires. Nous le devions.

— Exactement. Nous le devions ! dit Ursula, fermement. Mais cette fois-ci, nous ne le devons pas. Ce n'est pas parce que ma mère a juste quelques idées folles à propos de la numérologie que nous devons effacer sa mémoire. Nous devons la raisonner.

Oliver roula des yeux.

— Raisonner ta mère ? N'en demandes-tu pas un peu trop ?

Ursula mit les mains sur ses hanches.

— Qu'es-tu en train de dire ?

— Je dis juste qu'il est peu probable qu'elle écoute.

— Tu ne la connais pas comme je la connais !

Oliver se redressa.

— Hé bien, ce n'est pas moi qui suis en train de pleurer, tout bouleversé, n'est-ce pas ?

— Je ne peux pas croire que tu dises ça !

Abasourdi, Oliver recula. Étaient-ils tout simplement en train d'avoir leur première dispute ? Ils ne s'étaient jamais querellés, auparavant. Il fixa Ursula des yeux pendant un long moment. Elle soutint son regard, sans broncher.

— Hé bien, pas étonnant que j'aie toujours redouté les visites familiales, dit calmement Vera. Ça fait ressortir le pire des gens.

Oliver lança un regard à Vera, puis baissa la tête.

— Je suis désolé.

Il souleva les paupières pour regarder Ursula, posant lentement un pied devant l'autre pour se rapprocher d'elle.

— C'est juste que je déteste te voir malheureuse. Ça me fait du mal. Ici, ajouta-t-il en posant son poing tout contre son cœur. Je ne peux pas supporter de ne pas pouvoir t'aider.

Ursula tendit les bras vers lui, et il se glissa dans son étreinte, pressant la tête contre sa poitrine tout en l'entourant de ses bras.

— Moi aussi, je suis désolée. C'est juste si accablant. Chaque jour, il y a quelque chose d'autre qui ne va pas.

Oliver releva la tête.

— Plus rien d'autre ne dysfonctionnera, je te le promets. Le jour de notre mariage sera le jour le plus heureux de notre vie.

Un sourire se forma sur les lèvres d'Ursula.

— Es-tu en train de dire que nous ne serons plus aussi heureux après le jour de notre mariage ?

Il gloussa.

— Ce n'est pas ce que je voulais dire.

— Et que voulais-tu dire ?

— Tu veux que je te montre ?

— Hum, les interrompit la voix de Vera.

Zut, il avait oublié que Vera était toujours dans la chambre. Il lui sourit timidement.

— Merci, Vera, d'avoir été là quand Ursula a eu besoin de toi.

— Aucun problème.

— Qu'allons-nous faire avec ta mère, maintenant ? demanda Oliver.

— Rien, répondit Ursula. Ma mère a obtenu tout ce qu'elle a voulu d'autre : la robe de mariée, les demoiselles d'honneur, la date du mariage et les décorations ! Mais je ne ferai aucun compromis en ce qui concerne le marié.

Oliver sourit.

— Ça, c'est ma copine !

10

Après avoir beaucoup pleuré, Ursula était parvenue à une trêve avec sa mère. Tant que toute autre chose relative au mariage serait arrangée de sorte à compenser la *fâcheuse* date anniversaire d'Oliver, comme elle l'appelait, Hui Lian fermerait les yeux à ce propos et n'en parlerait plus. Cela signifiait qu'elle inclurait tous les porte-bonheur qu'elle connaissait dans les décorations du mariage, presque comme si elle pensait pouvoir conjurer le mauvais sort que la date de naissance d'Oliver représentait.

Ursula y avait consenti, non désireuse de contrarier davantage sa mère. Après tout, elle était l'unique enfant de ses parents, et ceci serait le seul mariage que sa mère pourrait jamais organiser.

Ce jour était enfin arrivé. Dans quelques heures, elle serait mariée à Oliver. La maison grouillait déjà de personnel de cuisine.

Sa mère n'était pas encore revenue de chez le coiffeur, et son père avait décidé de faire une petite sieste, prétendant qu'il ne s'était pas encore adapté au décalage horaire entre Washington D.C. et San Francisco.

Lorsqu'elle entendit un léger coup à la porte de sa chambre, elle sut d'instinct de qui il s'agissait. Ressentait-elle déjà cette connexion spéciale que seuls les couples liés par le sang avaient ? Elle pouvait jurer qu'elle avait capté sa présence dans la maison dès le moment où il y était entré, peu après le coucher du soleil.

— Entre.

Oliver se glissa à l'intérieur et referma rapidement la porte derrière lui.

— Hep !

Il portait toujours un jean et un t-shirt.

— Il vaudrait mieux que tu ne te fasses pas surprendre ici, ou ma mère piquera une crise.

Il gloussa et l'attira dans ses bras.

— Tu ne portes pas encore ta robe, alors, ça ne compte pas.

Elle sourit, enroula les bras autour de lui et attira sa tête vers elle.

— La mariée peut-elle obtenir un baiser ?

— Puisque tu le demandes si gentiment, murmura-t-il en laissant glisser ses lèvres sur celles d'Ursula avant de les capturer.

Lorsqu'il introduisit la langue entre ses lèvres et commença à explorer sa bouche en de longues caresses sensuelles, elle poussa un soupir d'aise. Bien qu'elle l'eût vu tous les jours, il lui avait manqué, durant cette semaine. Mais à aucun moment, ils n'avaient pu se retrouver seuls. Quelqu'un avait toujours été là.

Les mains d'Oliver errèrent sur son corps, ses doigts la caressant tout comme sa langue le faisait. La chaleur et le désir envahirent Ursula, se précipitant dans son corps telle une crue subite. Son corps tout entier se mit à picoter agréablement, et son entrejambe vibra, aspirant à une caresse. Sa caresse. Son baiser. Elle n'avait jamais cru que l'amour eût pu être comme ceci : aussi consumant, passionné, quoique rassurant et sûr en même temps.

Et pourtant, elle se sentait en sécurité, en sécurité avec un vampire, la créature même qu'elle avait crainte par le passé. Oliver lui avait fait oublier toutes ses peurs et lui avait montré que même un vampire pouvait aimer.

En ce moment, elle ressentait son amour. Il brûlait avec intensité et de manière constante. À chaque caresse et chaque baiser, elle le ressentait. Et ce soir, après la cérémonie, elle le ressentirait par sa morsure. Sa morsure prodiguée par amour. Elle serait consciente de la façon dont, tendrement et silencieusement, il la ferait sienne pour toujours. Dont il lui conférerait l'immortalité sans lui dérober son humanité. Dont il se rendrait vulnérable en se nourrissant exclusivement d'elle après le rituel du lien par le sang. Son corps rejetterait alors tout autre sang. En fait, cela le rendrait très malade s'il buvait un jour un autre sang que celui d'Ursula.

Une extrême confiance était nécessaire afin qu'un vampire pût s'unir à un humain. Et elle sentait cette confiance qu'il y avait entre eux.

Lorsqu'il mit enfin un terme au baiser, Ursula respira lourdement.

— Nous devons arrêter, bébé, ou il n'y aura pas de mariage, parce que je t'attacherai à mon lit et ne te laisserai pas partir.

Elle gloussa.

— Serait-ce si mal ?

Il secoua la tête et la menaça malicieusement du doigt.

— Et me priver de te voir marcher dans l'allée dans ta belle robe blanche pendant—

— Robe blanche ? l'interrompit-elle.

Il recula légèrement, les sourcils froncés.

— Oui, bien sûr.

— Oliver, je ne porterai pas une robe blanche. Ma robe est rouge. Le blanc porte malheur dans un mariage chinois. Le rouge porte bonheur.

Elle regarda la façon dont l'expression sur le visage d'Oliver se transformait en désarroi.

— Euh, oh !

L'inquiétude monta en elle.

— Quoi ?

— Tu as dit que le blanc était mauvais ? Et qu'en est-il des fleurs blanches ? Nous pouvons avoir des fleurs blanches, n'est-ce pas ? demanda-t-il en faisant la grimace.

L'estomac d'Ursula se retourna.

— Des fleurs blanches ? Oh, s'il te plaît, ne me dis pas que tu as choisi des fleurs blanches pour le mariage.

Elle chercha son visage.

— Je ne savais pas ! Je promets que je l'ignorais, insista-t-il.

Des mains, Ursula lui enveloppa le visage.

— Oh, non ! C'est pas vrai !

Tentant de refouler les larmes qui lui montaient aux yeux, elle renifla.

— Je n'aurais jamais dû te dire de t'occuper des fleurs ! J'aurais dû le faire moi-même. Oh, mon Dieu, ma mère va être furieuse !

— Bébé, je vais arranger ça !

Elle baissa les mains.

— Tu ne peux pas arranger ça ! Tu ne trouveras plus jamais suffisamment de fleurs rouges, maintenant ! Il n'y a plus que quelques heures avant la cérémonie. Si cérémonie il y a, je dirais même ! Dès que ma mère verra les fleurs, elle insistera pour qu'on annule tout !

Des mains, Oliver lui enroba les épaules, la forçant ainsi à le regarder.

— Je vais arranger ça. Quoiqu'il en coûte ! Mais ce mariage aura lieu, ce soir, d'une façon ou d'une autre ! Je vais me débarrasser des fleurs blanches. Je te le promets. Lorsque tu entreras sous cette tente, dans quelques heures, les fleurs seront rouges. S'il te plaît, fais-moi confiance !

Le regard qu'il lui adressa était pénétrant. Durant de longues secondes, elle le dévisagea simplement en retour. Avait-elle le choix ? Elle devait compter sur lui pour qu'il menât ceci à bien. Silencieusement, elle acquiesça.

Il lui donna rapidement un baiser sur les lèvres et quitta la chambre.

~ ~ ~

Oliver dévala les escaliers. Merde ! Il avait foiré. Il ne pouvait se rappeler si Ursula lui avait dit de ne pas prendre de fleurs blanches ou si elle avait simplement supposé qu'il le savait. À présent, cela n'avait plus d'importance. Il ne servait à rien de perdre du temps à blâmer quelqu'un. Ce qui était fait était fait. Et maintenant, il devait le corriger.

Vite, et sans que les parents d'Ursula ne pussent le remarquer, sa mère en particulier.

Au pied des escaliers, il se heurta presque à Cain, un de ses collègues. Le vampire à la permanente barbe de trois jours semblait être né dans un smoking. Avant ce soir, il n'avait jamais vu son garde du corps de collègue qu'en vêtements de ville et ne savait nullement qu'un costume pût lui seoir à ce point

— Cain, hep ! le salua-t-il.

Cain le regarda, puis regarda les escaliers et sourit.

— Visite furtive à la mariée ?

Oliver soupira.

— Bien m'en a pris. Sa mère est déjà revenue de chez le coiffeur ?

— Je ne l'ai pas vue, répondit Cain avant de désigner le garde qui se tenait à la porte d'entrée. Bob est là depuis une heure, tout comme tu l'as demandé. Un autre de mes hommes se tient devant la porte latérale. Les membres de l'équipe du traiteur emprunteront cette entrée, et les invités, l'entrée principale.

Oliver hocha la tête en signe d'approbation.

— Merci de t'être occupé de ça. Ça me permet de me sentir mieux.

Un coup d'œil en direction du garde du corps que Cain avait appelé Bob lui assura que l'homme était un vampire. Il se pencha un peu plus près de Cain et baissa la voix en un léger murmure.

— Et le gars à l'entrée des fournisseurs, c'est un vampire également ?

Son collègue acquiesça d'un hochement de tête.

— Bien. J'ai besoin que quelqu'un veille à ce que les parents d'Ursula n'entrent pas sous la tente.

— Quelque chose cloche ?

— Tu peux le dire.

Cain inclina la tête en direction de la porte du salon.

— Thomas et Eddie viennent juste d'arriver. Peut-être qu'ils peuvent surveiller l'entrée de la tente. Je le ferais bien moi-même, mais je dois encore balayer le périmètre.

— Je vais le leur demander.

Sans perdre une seconde, Oliver se rendit au salon. Thomas et Eddie se tenaient près de la cheminée, parlant à voix basse. Grâce à son ouïe supérieure de vampire, Oliver put toutefois entendre ce qu'ils disaient. Ses collègues vampires étaient tous deux blonds mais, ce soir, ils semblaient très différents. Ils avaient troqué leurs habituelles tenues de motards en cuir contre d'élégants smokings noirs et ressemblaient à deux beaux partis sortant tout droit d'un show télé. Sauf qu'ils n'étaient pas célibataires. En fait, ils étaient mariés— l'un à l'autre.

— Thomas, Eddie ! les appela Oliver, interrompant ainsi leur « très intime » conversation. Les deux tourtereaux venaient de se mettre ensemble depuis peu et, à ce qu'il y semblait, paraissaient toujours être dans leur phase lune de miel.

— Oliver, l'homme de la situation, répliqua Thomas en un sourire.

— C'est comme ça que tu te maries ? demanda Eddie en dodelinant de la tête.

— Bien sûr que non. Mais j'ai besoin de votre aide, dans l'immédiat. Pouvez-vous surveiller la tente pour moi ?

Thomas haussa les sourcils.

— Tu crois que quelqu'un va s'en aller avec ?

Ignorant cette plaisanterie, Oliver poursuivit.

— Surveillez juste l'entrée et assurez-vous que ni les parents d'Ursula ni aucun autre humain n'y pénètrent.

— Nous pouvons le faire, certainement. Mais pourquoi ne veux-tu pas qu'ils y entrent ?

— Parce que les fleurs sont blanches, et elles devraient être rouges. Ou ça portera malheur.

Eddie haussa les épaules.

— Ok, ça n'a aucun sens, mais si tu veux qu'on soit là, on va le faire, d'accord ? dit-il en regardant son partenaire, lequel acquiesça.

— Merci, les gars !

Soulagé, Oliver sortit précipitamment de la pièce et entra dans la cuisine. Plusieurs membres de l'équipe du traiteur s'affairaient sans relâche à préparer la nourriture. Mais la personne qu'il cherchait n'était pas dans la pièce. Tout en sortant de la cuisine, il sortit son téléphone portable et composa un numéro.

— Ouais ? répondit Wesley.

— J'ai besoin que tu me rendes un service. Peux-tu venir immédiatement à la maison ?

Oliver longeait le couloir lorsque la porte donnant sur la cave et le garage s'ouvrit.

— Je suis déjà là.

Wes franchit la porte. Derrière lui, Haven apparut et, un instant plus tard, Blake.

— Tu n'es pas encore habillé ? demande Blake. Les invités vont bientôt commencer à arriver.

— Qu'est-ce que vous faisiez en bas, les gars ? demanda Oliver, ignorant ainsi la question de Blake.

Il ne lui faudrait que cinq minutes pour s'habiller.

Wes le gratifia d'un grognement évasif et frotta un peu de poussière de la manche de son smoking.

— Rien. Quoi de neuf ?

— Il y a un problème avec les fleurs.

— Quel problème ? demanda Wes. Elles semblaient parfaites lorsqu'elles sont arrivées, ce matin. Je m'en suis assuré. Hé, s'ils ont foiré quelque chose après ça, ce n'est pas ma faute ! De plus, je te rendais service.

Oliver attrapa son ami par l'épaule.

— Hé ! Je ne te blâme pas. Ce n'est pas ta faute. C'est la mienne. Elles sont de la mauvaise couleur. On ne peut pas avoir de fleurs blanches au mariage. Ça porte malheur. Il faut qu'elles soient rouges.

Wes lui lança un regard du genre « ce n'est pas mon problème ».

— Impossible de pouvoir trouver un fleuriste qui puisse te fournir autant de montages de fleurs rouges dans le peu de temps qu'il nous reste. Même si tu te rendais chez plusieurs fleuristes, ils n'en auraient pas autant pour remplacer celles-ci.

— Pour une fois, Wes a raison, ajouta Haven.

Wes regarda furieusement son frère.

— J'ai dit que j'étais désolé ! OK ? Je m'occuperai des chiens après le mariage.

— Tu veux dire des cochons ? lança Blake en gloussant.

Wes se retourna sur Blake.

— Tu n'aides pas, là !

— Arrêtez ! dit Oliver d'une voix rauque. Ça n'a aucune importance pour le moment. Ce qui en a, c'est que Wesley a changé les porcs en rouge.

Et ce malheureux incident solutionnerait son problème.

Haven dénoua son nœud de cravate.

— Hé bien, il y a au moins quelqu'un qui convient que mon petit frère a tort de faire de la sorcellerie, dit-il en lançant un regard latéral à Wes.

— Un de ces jours, tu changeras d'avis à ce propos, l'avertit Wesley.

— Silence ! cria Oliver.

Tous trois se turent enfin et le dévisagèrent comme s'il avait définitivement pété les plombs. Peut-être que c'était le cas.

— Wes, j'ai besoin de ton aide. Tu dois changer les fleurs de la tente en rouge. Maintenant. Avant que les parents d'Ursula ne les voient.

— Comment ?

— Tu as changé les porcs en rouge. Utilise le même sortilège !

Un large sourire se répandit sur le visage de Wesley.

— Est-ce que ça veut dire que tu vas me faire don d'un peu plus de ton sang ?

— Uniquement pour ce sortilège-ci, concéda Oliver.

Wesley fouilla dans sa poche et en sortit une fiole en verre.

— Tu emmènes toujours une fiole avec toi ? demande Blake.

Wesley lui fit un clin d'œil.

— Première règle d'un garde du corps : il faut toujours être prêt.

Haven roula des yeux.

— Plutôt la première règle d'un opportuniste.

Wes haussa les épaules.

— Il me faut également plusieurs choses de ton garde-manger. Et quelques minutes pour mélanger la potion. De préférence là où personne n'entrera sans prévenir.

— En bas, au gymnase, suggéra Oliver.

Immédiatement, les trois secouèrent la tête.

— Et que dirais-tu de la buanderie ? suggéra plutôt Haven.

— Ça fera l'affaire.

Il fallut quinze minutes après le don de sang d'Oliver pour que la potion de Wesley fût prête à l'usage. S'assurant que Thomas et Eddie étaient à leur place pour veiller à ce que personne ne pût entrer sous la tente, Haven se posta à l'intérieur de celle-ci et bloqua le passage donnant sur l'entrée des fournisseurs afin qu'aucun membre de l'équipe du traiteur ne les dérangeât pendant le sortilège, tandis que Blake obturait la porte de la cuisine de sorte à ce qu'aucun serveur ou membre du personnel de cuisine ne pût regarder à l'intérieur de la tente depuis cet endroit.

— Fais ton truc, dit Oliver en ondulant les bras en direction des montages en fleurs blanches présents sur les tables et de ceux qui décoraient l'estrade ainsi que les barres soutenant la tente.

Il y avait des tables et des chaises pour plus d'une centaine d'invités. Tandis que les nappes étaient blanches, les housses de chaises blanches arboraient des nœuds rouges. Et les serviettes étaient également rouges. Il devait admettre qu'il aimait cette couleur intense. Elle lui rappelait le sang d'Ursula.

— Recule, l'avertit Wesley en s'avançant vers le milieu de la tente.

Oliver l'entendit marmonner quelque chose d'incohérent— le charme, vraisemblablement, avant de jeter la fiole contenant la potion à terre.

Oliver faisait instinctivement un autre pas en arrière lorsque de la fumée rouge s'éleva de la fiole brisée. Tandis qu'elle tourbillonnait, les fleurs devinrent rouges, une par une. Mais les fleurs ne furent pas les seules choses à adopter cette couleur magique : les nappes et les chaises devinrent également rouges.

Oliver haussa les épaules. Cela ne pouvait faire de tort.

Arborant un large sourire, Wesley se tourna vers lui.

À côté d'Oliver, Haven souffla. Il fit ensuite quelques pas vers son frère, l'étreignit brutalement et le gratifia d'une tape sur l'épaule.

— Bien joué, Wes ! Je suis fier de toi !

Si Oliver, en tant que vampire, n'avait pas été doté d'une vision améliorée, il aurait manqué la larme qui se formait dans les yeux de Wesley en réaction au compliment de son grand frère.

Wesley avait enfin accompli quelque chose qui obtenait l'approbation de ce dernier. Avoir foiré avec les fleurs n'avait pas été si mal, après tout.

Oliver sourit. À présent, plus rien d'autre ne pourrait mal se passer.

11

Depuis presque deux heures, il observait l'arrivée de tous les invités. Personne ne le remarquait, debout, dans l'ombre d'une haie, de l'autre côté de la rue. Ils étaient trop occupés à parader dans leurs vêtements chics. Davantage d'humains que de vampires venaient pour l'événement, la plupart des humains étant chinois. La mariée avait visiblement une grande famille, quoiqu'aucun des membres de celle-ci ne semblât être doté du sang spécial. Il y était si accoutumé qu'il aurait même pu le flairer depuis là où il se trouvait.

Des valets humains parquaient les voitures des invités, et un garde vampire à la porte d'entrée vérifiait les invitations. Un autre vampire surveillait l'entrée des fournisseurs par laquelle entrait le personnel de service, à savoir les serveurs et le personnel de cuisine.

Il s'était habillé de manière appropriée. Dans son smoking noir, il se fonderait dans la masse d'invités comme s'il en faisait partie. Seuls les vampires sur les lieux sauraient qu'il n'avait rien à y faire. Mais bientôt, ils seraient tous sous la tente derrière la maison, et le seul qu'il lui faudrait neutraliser serait celui qui gardait la porte d'entrée.

La maison était éclairée tel un sapin de Noël. Cela lui facilitait la tâche afin d'observer tout ce manège. Lorsque le salon commença à se vider, il sut que les invités étaient en train de prendre place sous la tente. À présent, cela n'allait plus tarder.

Il leva les yeux vers l'étage du dessus. Dans une des chambres, Ursula attendrait, seule, pendant que tous les autres seraient dans la tente.

C'était l'heure.

Il traversa calmement la rue et gravit les marches vers la porte d'entrée, hors de la vue du vampire qui gardait l'entrée latérale. La porte était ouverte, mais un vampire la bloquait. Ce type ne le connaissait pas, et cela était tout à son avantage.

Il adressa un charmant sourire au garde.

— J'espère ne pas être en retard.

Le vampire désigna l'intérieur.

— Ça va commencer dans quelques minutes.

Le garde hocha ensuite la tête à son intention et poursuivit.

— Votre nom ? Et votre invitation, s'il vous plaît.

— Michael Valentine, répondit-il en fourrant la main dans la poche de sa veste. Euh, et voici mon invitation.

D'un simple mouvement rapide, il extirpa un pieu de sa poche intérieure et le plongea dans le cœur du garde, avant que l'homme eût pu même réagir.

Le vampire se désintégra en poussière. Michael se tourna afin de s'assurer que le vampire qui surveillait la porte latérale n'avait rien entendu de suspect. Aucun bruit ne provint de cet endroit. Du pied, il balaya rapidement le trousseau de clés, le portable et la monnaie du vampire dans les buissons.

Il pénétra dans la maison sans difficulté. Il gravissait les escaliers sans la moindre hésitation lorsqu'il entendit la musique démarrer dans la tente. Mais il n'y aurait aucune cérémonie. Aucun mariage. Aucun lien par le sang.

Je viens pour toi, Ursula.

~ ~ ~

— Je pense que c'est le signal, dit son père lorsque la musique dériva vers eux depuis la tente.

Ursula se détourna du miroir sur pied de la chambre d'amis et lui fit face.

Il lui sourit en retour.

— Tu es belle, Wei Ling. Tu es une femme, à présent. Tu nous rends très fiers, ta mère et moi.

— Bien que je n'épouse pas un Chinois ?

— Cela ne m'a jamais trop importé.

Il gloussa.

— Maintenant, pour ta mère, c'est une autre histoire. Mais elle s'y fera. Ne t'inquiète pas à ce propos, ajouta-t-il.

— Merci, papa.

Elle se pencha vers lui et l'embrassa sur la joue.

Durant un instant, elle hésita. Il y avait tant de choses qu'elle voulait lui dire, lui avouer : ce qu'Oliver était et ce qu'il avait fait pour elle. Comment il l'avait sauvée d'une vie enchaînée. Ses parents n'en savaient rien. Après qu'elle eût été libérée du bordel pratiquant le commerce de sang, Oliver et Scanguards s'étaient donné beaucoup de mal pour effacer la mémoire de ses parents, de même que celle de tous ceux qui étaient au courant de sa disparition longue de trois années. Mais il y avait des moments comme celui-ci où elle voulait dire la vérité, bien qu'elle sût que cela ne mènerait qu'à de la souffrance.

— Je t'aime, papa, murmura-t-elle plutôt. Pour tout ce que maman et toi avez fait pour moi.

Quelque peu embarrassé, son père sourit.

— Il est temps d'aller voir ton époux.

— Je ne pense pas ! proclama une voix menaçante depuis la porte, tandis que celle-ci se refermait derrière l'homme.

Ursula tourna la tête en direction de l'intrus et trébucha presque sur sa longue robe rouge. Sa respiration se coinça dans sa gorge lorsqu'elle reconnut l'homme. Bien qu'elle ne se souvînt pas de son nom, elle savait qu'il était un des anciens clients du bordel de sang. Les sangsues, comme elle et les autres filles les appelaient.

— Qu'est-ce que c'est ? demanda son père, outragé. Sortez !

— Seulement quand j'aurai eu ce que je veux ! grogna le vampire, les yeux d'un rouge éblouissant, tandis que ses canines pointaient.

Son père eut un sursaut, mais Ursula ne connaissait que trop bien le regard du vampire. Il était venu pour son sang.

— Qu'êtes-vous donc ? parvint à lâcher son père, tandis qu'il se positionnait devant Ursula, comme pour la protéger.

Mais Ursula savait que son père ne faisait pas le poids contre le vampire. Aucun humain ne le faisait. Elle se glissa avec difficulté devant son père et regarda furieusement la sangsue.

— Oliver te tuera si tu me fais du mal ! le prévint-elle.

— Il ne nous attrapera pas. Nous serons partis depuis longtemps avant qu'il ne s'en rende compte.

À ces mots, Ursula secoua la tête d'incrédulité. Non ! Il n'était pas simplement venu pour l'attaquer et boire son sang ! Il prévoyait de l'enlever !

— Non ! hurla-t-elle. Mais elle savait que la musique dans la tente empêcherait son cri d'atteindre les oreilles d'Oliver. Il se tiendrait là, sur l'estrade, à l'attendre. En vain. En train d'attendre pendant qu'elle se faisait kidnapper.

— Maintenant, viens vers moi, et je ne te blesserai pas…, lui promit le vampire.

— … trop, ajouta-t-il.

— Laissez ma fille tranquille, espèce de monstre ! hurla son père en sautant devant lui, avant qu'Ursula n'eût pu l'en empêcher.

— Non ! Papa ! Non !

Mais il était trop tard. D'un coup de poing, le vampire cogna son père et l'envoya s'écraser contre le mur de l'autre côté de la chambre, où il s'effondra en gémissant.

— Oh, non ! Papa ! Non !

Ursula laissa courir les yeux sur son corps. Elle ne vit pas de sang, mais l'impact pouvait avoir laissé des blessures internes. En elle, les sentiments de colère et d'inquiétude entrèrent en conflit.

— Tu paieras pour ça !

Le vampire gloussa, et ce son la fit trembler de dégoût. Tel un tigre, il s'approcha, posant un pied devant l'autre. Lentement, comme s'il appréciait cela et ne voulait pas que cela se terminât trop vite. Tel un chat en train de jouer avec une souris.

Elle scruta frénétiquement toute la chambre à la recherche de quelque chose qu'elle aurait pu utiliser comme arme, mais ne trouva rien.

À présent, elle se trouvait à sa merci.

— J'attends ceci depuis si longtemps, avoua son agresseur. Tous ces jours dans cette froide cellule, j'ai rêvé de ceci, de trouver une autre putain de sang. J'avais presque abandonné.

— Éloigne-toi de moi ! le prévint-elle, à nouveau. Oliver te tuera.

Un gémissement provenant de l'endroit où son père s'était effondré lui signala qu'il était en vie. Elle lança un coup d'œil rapide dans sa direction et réalisa qu'il était en train, avec beaucoup de mal, d'essayer de bouger.

— Peut-être, répondit évasivement le vampire. Mais seulement après que j'aie obtenu ce que je veux.

Il lui montra ses canines et fit un pas de plus vers elle.

Tel un fardeau, la peur s'agrippa à son cœur. Elle pouvait à présent la voir dans ses yeux : la folie. Une fois qu'il aurait commencé à boire à la source, il serait incapable de s'arrêter. Il la drainerait.

Cette nuit, durant la nuit de son mariage, elle mourrait. Et son père devrait observer, impuissant.

12

Oliver regarda Blake nouer les alliances sur le minuscule coussin rose et le tendre à Isabelle. Adorable dans sa robe de cette même couleur, la petite leur sourit. Accompagné de Delilah, ils se tenaient devant les portes fenêtres du salon qui donnaient sur l'allée couverte menant à la tente. La musique jouée par un quatuor à cordes depuis la tente était diffusée dans les enceintes du salon.

— Es-tu certaine qu'elle pourra le faire ? demanda Oliver en souriant.

Delilah échangea un regard avec sa fille.

— Bien sûr qu'elle le pourra. N'est-ce pas, Isabelle ?

Le bambin rayonna.

— Maintenant, va dans la tente, tout comme lors de nos exercices.

Isabelle se retourna et, toujours un peu chancelante sur les jambes, tituba le long de l'allée. Delilah la suivit de près, prête à la rattraper au cas où elle tomberait.

— Hé bien, il est presque l'heure, dit Blake en souriant. Tu peux toujours changer d'avis, tu sais. Je te débarrasserai d'elle en un clin d'œil.

Olivier lui donna un léger coup de poing dans le côté.

— Pas la moindre chance.

Son demi-frère rit sous cape.

— Je pensais juste faire une dernière tentative.

— Hé, merci d'être mon témoin.

— Content que tu me l'aies demandé.

Soudain, la porte du couloir s'ouvrit.

— Sommes-nous en retard ? demanda une voix familière.

Oliver se retourna et aperçut le Docteur Drake se précipiter à l'intérieur, sa poupée Barbie de réceptionniste au bras.

— Désolé, j'espère que c'est la bonne entrée, mais il n'y avait personne pour nous indiquer la direction à emprunter. Heureusement, la porte était ouverte.

Il haussa les épaules en guise d'excuse.

— Le garde posté à l'extérieur aurait dû vous diriger, dit Oliver.

— Quel garde ?

Le cœur d'Oliver s'arrêta. Sans répondre, il passa devant Blake à toute vitesse et se précipita dans le vestibule. Il ouvrit violemment la porte d'entrée, mais le vampire posté à cet endroit par Cain avait disparu. Il revenait vers le vestibule lorsqu'il marcha sur quelque chose. Il s'abaissa et inspecta l'objet. Une pièce de dix cents était coincée dans le joint coulé entre deux carrelages en travertin.

Bien que trouver une pièce perdue ne fût pas quelque chose d'inhabituel, les poils de la nuque d'Oliver se hérissèrent, et un frisson glacial courut le long de sa colonne vertébrale.

Quelque chose clochait. Cain n'aurait jamais demandé au garde de quitter son poste.

Blake arriva en courant du salon.

— Qu'est-ce qui se passe ?

Oliver se ruait déjà vers les escaliers menant aux étages supérieurs.

— Alerte Cain et dis-lui de ratisser les lieux à la recherche d'intrus. Discrètement. Je ne veux pas alarmer les invités.

— Compris.

Mais Oliver entendit à peine la réponse de Blake. Il était garde du corps depuis suffisamment longtemps pour savoir quand écouter ses pressentiments. Et son intuition lui dictait de s'assurer qu'Ursula fût en sécurité. Qu'il portât probablement malheur de voir la mariée dans sa robe avant le mariage n'importait pas.

Lorsqu'il s'engagea à l'étage du dessus, ses soupçons furent confirmés. Ursula était en danger. Un cri étouffé dériva à ses oreilles. Doté d'une ouïe fine, il l'avait entendu, alors qu'un humain n'en aurait pas été capable.

Il ouvrit brusquement la porte de la chambre d'amis et débaula dans la pièce, évaluant la situation en une fraction de secondes sans ralentir ses mouvements.

Un vampire coinçait Ursula contre le mur, ses mains l'empêchant de le combattre. Elle lui assénait toutefois des coups de pieds dans les tibias, tandis qu'il rapprochait la tête de son cou. La panique et le désespoir brillaient dans les yeux de sa fiancée. Quelques mètres plus loin, Yao Bang luttait pour se relever, mais semblait faible et étourdi.

Le vampire tourna la tête et remarqua immédiatement Oliver. Il grogna, les yeux rouges, les canines pointant de ses lèvres. Oliver le reconnut. Il était l'un des drogués traités par Scanguards.

— Michael Valentine ! dit Oliver, d'une voix rauque.

Valentine plissa les yeux et se déplaça si vite, qu'un humain n'y aurait vu qu'une image floue. Il amena Ursula devant lui, tel un bouclier, un bras enroulé autour du dessus de ses bras de sorte à l'empêcher de les mouvoir, et les griffes de son autre main pressées contre la douce chair de sa gorge.

— Un geste, et je lui tranche la gorge ! l'avertit-il.

Oliver s'arrêta dans son mouvement. Il ne pouvait risquer la vie d'Ursula, et il savait qu'un seul coup des griffes acérées de Valentine à travers sa gorge la tuerait presque instantanément. Il n'aurait même pas assez de temps pour la transformer en vampire afin de lui sauver la vie. Elle mourrait.

Il devait gagner du temps.

— Tu ne la tueras pas, dit Oliver afin de gagner de précieuses minutes. Tu veux son sang.

Une lueur dans les yeux de Valentine lui confirma qu'il avait raison. Le vampire était toujours intoxiqué. Zane avait raison. La désintoxication n'avait pas fonctionné sur tout le monde.

— Éloigne-toi de la porte ! ordonna Valentine.

— Non !

Oliver détourna rapidement le regard vers Ursula, car c'était elle qui avait émis cette protestation.

— Ne fais pas ça. Ne le laisse pas me prendre. Je préférerais mourir plutôt qu'être à nouveau emprisonnée.

Ses yeux le supplièrent.

Il savait à quoi elle pensait. Si Valentine l'emmenait, elle serait confrontée au même calvaire que celui qu'elle avait subi durant les trois années où elle avait été emprisonnée dans le bordel de sang.

— Je ne le laisserai pas t'emmener, lui promit Oliver.

— Je ne vois pas comment tu pourras l'empêcher, dit Valentine en commençant à marcher latéralement tout en tirant Ursula avec lui.

— La maison grouille de vampires. Tu ne sortiras jamais !

Depuis l'endroit où le père d'Ursula était étendu à terre, on entendit un souffle. Mais Oliver ne pouvait tourner la tête pour regarder Yao Bang, même s'il savait qu'il avait les yeux ouverts et était en train de les observer, horrifié.

Valentine laissa échapper un rire moqueur.

— Ils sont tous sous la tente à l'arrière de la maison. Nous allons sortir par devant, répondit Valentine en désignant la fenêtre.

Se préparant à attaquer, Oliver était en position. Ses yeux parcouraient la pièce à la recherche d'une arme, car il n'en portait aucune sous son élégant smoking. Il n'y avait aucune place pour dissimuler un pieu.

Encore quelques pas, et Valentine serait à la fenêtre. La respiration d'Oliver accéléra. Il devait faire quelque chose.

Tandis que l'assaillant traînait Ursula avec lui, la robe de celle-ci s'accrocha dans les pieds d'une chaise, et elle tituba. Valentine se cramponna à elle, si bien que ses griffes se délogèrent momentanément de sa gorge.

Y voyant là sa chance, Oliver sauta. Ses griffes s'allongèrent en vol et, pour faire levier, il lança un bras en arrière avant de le balancer vers l'avant et cogner l'épaule de Valentine de sorte à le repousser et lui faire lâcher Ursula.

Ursula perdit l'équilibre sous la puissance de l'impact. Ses jambes, déjà emmêlées dans les jupons de sa longue robe, perdirent pied, et elle tomba en avant. Du coin de l'œil, Oliver la vit tendre la main vers la chaise de sorte à préparer sa chute, mais il ne put l'aider, les griffes de Valentine arrivant droit sur lui avec une telle force de frappe que sa tête en fut balayée sur le côté.

Sans même reprendre sa respiration, Oliver visa Valentine du poing et frappa le côté de son cou, le fouettant ainsi sur le côté. Tandis que son opposant tombait contre le châssis de la fenêtre, Oliver regarda furtivement tout autour de lui. Mais il n'avait pas le temps de trouver quelque chose avec lequel il pourrait confectionner un pieu.

D'une poussée, Valentine s'éloigna du châssis à une telle vitesse et avec une telle agilité qu'Oliver en fût pris par surprise. Le corps de son assaillant vint se claquer contre lui et le projeter au sol. Oliver atterrit rudement, le dos contre le parquet, faisant gémir de protestation les planches en bois.

Une griffe s'approcha de lui, mais Oliver la bloqua de l'avant-bras, la repoussa tout en se tordant sous son agresseur. La rage coulant dans ses veines lui procura une force supplémentaire, et il parvint à expédier Valentine loin de lui. Cependant, l'agilité de son adversaire permit à ce dernier de se remettre debout au moment même où Oliver se redressait.

Cette fois, Oliver ne laissa pas le coup suivant de Valentine atteindre sa cible. Il pivota plutôt sur les talons et l'évita avec grâce.

Leurs grognements et gémissements respectifs emplissaient la pièce et se mêlaient à la lourde respiration de Yao Bang et d'Ursula, lesquels étaient tous deux parvenus à se relever.

Ursula avait couru jusqu'à son père et, du coin de l'œil, Oliver put les apercevoir tous les deux, tandis que sa fiancée tentait de calmer son papa tout en observant furtivement la pièce, visiblement à la recherche de quelque chose. Mais il ne pouvait se concentrer sur elle, car éluder les coups de pieds et de poings de Valentine requérait toute son attention. Et dans cet inconfortable smoking, il se mouvait moins facilement, quoique son opposant, également vêtu d'un smoking, subît le même handicap.

À chaque coup, Oliver réalisait de plus en plus que son adversaire et lui étaient de force égale. Ils avaient la même taille et étaient bien bâtis. Il lui fallait juste un avantage. Car plusieurs minutes pouvaient s'écouler avant qu'un de ses collègues ne montât à cet étage.

Oliver serra les dents et cogna plus fort. Valentine vacilla, faisant espérer à Oliver qu'il fatiguait mais, comme ce dernier put ensuite le découvrir, ce n'était pas le cas. Aussi vite qu'un train à grande vitesse, l'autre vampire sauta sur le côté, saisit la chaise, la claqua contre le mur et la brisa.

— Merde ! jura Oliver en voyant Valentine empoigner un des pieds en bois cassés.

Son adversaire avait, à présent, un pieu.

Le sourire diabolique sur le visage de Valentine confirma qu'il était impatient de l'utiliser.

— Devine ce que c'est, dit Valentine avec un sourire narquois d'autosatisfaction, avant de sauter en direction d'Oliver.

La puissance de l'impact fit reculer Oliver, l'arrière de ses genoux venant cogner le cadre de lit. Cela le fit basculer sur la couche et atterrir sur le dos. Valentine sauta sur lui, le coinça et emprisonna un de ses bras sous son genou.

De son bras libre, Oliver lutta contre son assaillant du mieux qu'il le pouvait, mais Valentine disposait de ses deux bras libres pour se battre. Sur sa gauche, Oliver perçut un mouvement, quelque chose de rouge lui assombrissant la vue, mais il n'osa pas détourner les yeux de Valentine.

Triomphalement, l'autre vampire souleva le pieu, tandis qu'Oliver essayait de le repousser à l'aide de son bras libre. Mais en vain : la main tenant le pieu s'abaissa.

— Putain ! parvint à prononcer Oliver, les dents serrées.

Oliver entendit un craquement. Un os de son avant-bras s'était-il brisé ? Il ne pouvait le dire avec certitude, mais la seule chose qu'il savait, c'était qu'il ne pourrait plus contenir Valentine plus longtemps. Et une fois que ce dernier l'aurait tué, plus personne ne l'empêcherait d'emmener Ursula.

— Non ! cria-t-il. Nooooooooooooon !

Avec sa dernière once de force, il repoussa Valentine en tentant de le projeter plus loin. L'ennemi recula de quelques pas en titubant avant de s'arrêter net, les yeux écarquillés sous l'effet de la surprise et du choc.

Un gémissement s'échappa de sa gorge. Ensuite, il se désintégra en poussière. Derrière lui se tenait Ursula, le bras tendu, un pieu improvisé à la main. Oliver y reconnut un des morceaux de la chaise. Ce n'était pas son avant-bras qui s'était brisé. Ursula avait arraché un des pieds de la chaise et l'avait utilisé comme pieu.

Elle l'avait sauvé.

Oliver bondit du lit et courut vers elle, l'attirant dans ses bras, sans mot dire. Il serra son corps tremblant contre lui. Il ne put parler pendant un certain temps.

— C'est fini, murmura-t-elle.

— Je suis désolé.

Il l'embrassa.

Depuis le hall, plusieurs personnes arrivèrent en courant. Cain déboula le premier dans la chambre, suivi de Blake et de Zane.

— Où est-il ? hurla Cain.

Oliver désigna le sol, là où de la poussière s'était formée.

— Il est mort.

Cain soupira de soulagement.

— Il a tué Bob qui était en poste à la porte d'entrée. J'ai trouvé certains de ses effets personnels. Qui était-ce ?

— Michael Valentine.

— Putain ! jura Zane.

Il avait été le premier à interroger Michael Valentine lorsque ce dernier avait retenu l'attention de Scanguards. Et Zane avait également été le premier à avoir deviné que la désintoxication n'aurait pas fonctionné sur tous les vampires.

— Tu avais raison. La désintoxication n'a pas fonctionné pour eux tous, dit Oliver à Zane.

Son regard retomba ensuite sur Yao Bang, lequel se tenait toujours à l'endroit où Ursula l'y avait laissé seulement quelques instants plus tôt, en train de les observer avec prudence. Il semblait ne pas être blessé.

— Gagne du temps pour nous, en bas, ordonna Oliver en regardant Blake.

— Et je dis quoi ?

— Problème de garde-robe. N'importe quoi, dit Oliver avant de regarder Zane et Cain. Sommes-nous sûrs qu'il était le seul ?

Tous deux acquiescèrent.

— Certains.

— Bien. Alors, laissez-nous un peu d'intimité.

Il désigna Yao Bang, et ses collègues opinèrent en connaissance de cause. Ils comprirent ce qu'il avait à faire.

Lorsque la porte se referma derrière les deux vampires, Oliver regarda Ursula. Elle courut vers son père et enroula les bras autour de lui.

— Tu es blessé ?

Il secoua la tête.

— Juste quelques contusions.

— Il faut effacer sa mémoire, dit Oliver à Ursula en évinçant le regard de son père.

Elle hocha la tête, une sombre expression sur le visage.

— Je suis désolée, papa, mais c'est pour un mieux. Tu n'aurais jamais dû voir ça.

Oliver fit un pas vers lui, mais Yao Bang tendit la main, comme pour l'arrêter.

— S'il te plaît, non !

— Ça ne vous fera aucun mal, je le promets. Vous ne vous en rendrez même pas compte.

Yao Bang secoua la tête.

— S'il te plaît. Quoi que tu sois sur le point de faire, ne le fais pas. Laisse-moi mes souvenirs, dit-il en désignant l'endroit où le vampire était mort. Je ne *veux* pas oublier le genre de dangers qu'il y a, là, dehors.

Ursula secoua énergiquement la tête.

— Papa ! S'il te plaît ! Tu ne feras que t'inquiéter si tu es au courant.

Les yeux de Yao Bang se radoucirent lorsqu'il regarda sa fille.

— Wei Ling, ma petite, mais je me suis inquiété jusque maintenant. Je me suis toujours préoccupé de ta sécurité. Quand tu as emménagé à New York pour aller à l'université, je me suis tracassé pour toi. Car le monde est si mauvais. Maintenant, je n'aurai plus à m'inquiéter. Ne le vois-tu pas ? dit-il en désignant Oliver. Maintenant, je sais que tu seras protégée.

Oliver observa la façon dont le front d'Ursula se fronçait sous l'effet de surprise.

— Mais n'es-tu pas choqué que je me marie avec un vampire ?

Un gentil sourire recourba les lèvres de son père.

— Il t'aime. Il n'a pas hésité une seule seconde à attaquer l'autre vampire pour te sauver.

Il haussa ensuite les épaules et poursuivit.

— Quoique je suppose qu'un vampire n'aurait pas été mon premier choix, tout particulièrement puisque je ne pensais pas qu'ils existaient. Mais, au moins, cela signifie qu'il peut te protéger des autres vampires.

Ursula soupira.

— S'il te plaît, en me laissant mes souvenirs, tu m'accordes la paix de l'esprit, la supplia Yao Bang.

Oliver échangea un regard avec Ursula, puis fit un pas en direction de son père avant de lui tendre la main.

— Ai-je votre parole que vous ne divulguerez jamais notre secret ?

Yao Bang acquiesça et prit la main d'Oliver.

— Je te le promets, fils.

C'était la première fois que son futur beau-père l'appelait fils.

— Et pour ma mère ? interrompit Ursula.

— Laisse-moi m'occuper de ta mère, lui promit son père. Je trouverai un moyen de le lui dire si cela devient nécessaire.

Il frotta ensuite quelques particules de saleté de son smoking.

— Et maintenant, je pense qu'il est temps de le célébrer, ce mariage, ou ta mère va piquer une crise.

Oliver rit sous cape.

— Je ferais mieux de me nettoyer un peu.

Ursula se mit à rigoler.

— J'ai du *vampire* partout sur ma robe, dit-elle en pointant la poussière sur sa jupe.

Ils se regardèrent passionnément droit dans les yeux. D'ici quelques heures, elle aurait du *vampire* partout sur son corps. Son corps dénudé.

13

Depuis son point d'observation sur la petite estrade de la tente, Oliver observa l'allée. Il ne pouvait voir Ursula, mais il savait qu'elle se tenait près des portes fenêtres du salon, prête à longer le passage couvert jusqu'à la tente. Il s'était assuré que plus rien d'autre ne pût se passer. Zane et Cain s'étaient portés volontaires pour demeurer avec elle et son père dans le salon jusqu'à ce qu'ils fussent tous deux en sécurité sous la tente. Et dès qu'ils seraient mariés, Oliver se lierait aussi vite que possible par le sang avec elle. Ce ne serait qu'alors qu'elle serait vraiment en sécurité. Car ce ne serait qu'à ce moment qu'ils seraient capables de communiquer télépathiquement l'un avec l'autre. Et Oliver ressentirait toujours immédiatement quand elle serait en danger.

Il tenta de se détendre et observa Isabelle en train de parcourir le centre de l'allée, le petit coussin sur lequel reposaient les alliances dans les mains. Delilah la guidait depuis l'allée latérale afin de s'assurer qu'elle ne s'arrêtât pas à mi-chemin et continuât jusqu'au bout.

Lorsqu'il aperçut pour la première fois Ursula au bras de son père, se rapprochant à chaque pas, il retint sa respiration. Durant le combat et juste après celui-ci, il n'avait pas eu l'occasion de l'admirer et de réaliser à quel point elle était belle. Il n'avait jamais cru qu'elle pût paraître plus magnifique dans une robe rouge que n'importe quelle autre femme dans une blanche. Aussi gracieuse qu'une princesse, elle marchait vers lui, les yeux concentrés sur lui. Toute crainte et toute panique étaient effacées de son visage.

Son cœur commença à gronder, et il craignit que tout le monde présent dans la tente pût entendre à quel point il battait sauvagement. Car il battait pour elle. Et à cause d'elle.

Lorsqu'Ursula et son père s'arrêtèrent enfin devant l'estrade, il échangea rapidement un regard avec Yao Bang. Un sourire satisfait s'était formé sur les lèvres de cet homme d'âge mûr. Même si Oliver ne connaissait guère son beau-père, il s'attachait à lui de minute en minute. Être accepté à cœur joie par le père d'Ursula lui réchauffait le cœur. Son regard dériva vers les invités. Quinn était assis à côté de l'estrade. Son père-créateur le regardait aussi fièrement que n'importe quel père et, derrière lui, Samson rayonnait et affichait un heureux sourire. Il avait été le premier à voir le réel potentiel en lui et lui avait donné une chance d'avoir une nouvelle vie. S'il n'avait pas rencontré Samson et Quinn, il n'aurait pas été là, aujourd'hui.

Il détacha son regard des invités et sourit à Ursula. Leurs yeux fusionnèrent.

Oliver perçut à peine les mots du pasteur, lequel prononçait une prière d'introduction. Pas plus qu'il n'entendit Yao Bang répondre à la question du qui donnait cette femme à cet homme.

Le père d'Ursula prit ensuite place à côté de son épouse.

Les secondes se transformèrent en minutes, tandis que les futurs mariés échangeaient les vœux traditionnels. Ils avaient uniquement modifié la fin. Ils avaient remplacé « jusqu'à ce que la mort nous sépare » par des mots plus appropriés.

— …pour l'éternité, dit à présent Oliver qui sentit les larmes lui monter aux yeux lorsqu'il vit le voile humide recouvrir les iris d'Ursula.

— Les alliances, demanda le pasteur en regardant Blake.

Le témoin s'accroupit près d'Isabelle. Il lui adressa un signe de la tête, lui indiquant que c'était à son tour, et la petite fille s'en alla d'un pas chancelant vers le pasteur, le coussin sur lequel reposaient les alliances devant elle. Elle jetait un coup d'œil sur le côté, comme pour demander l'approbation de sa mère, lorsqu'elle trébucha et tomba en avant. Mais les réflexes de la petite hybride étaient aussi vifs que ceux d'un vampire et, à l'aide des mains, elle se prépara à sa chute avant que ses genoux n'eussent pu heurter les planches. Quoique, ce faisant, elle laissa tomber le coussin.

Les invités furent pris d'un halètement collectif, mais Isabelle souleva la tête et arbora un large sourire presque contrit. Deux minuscules canines apparurent dans sa bouche ouverte.

Oliver n'avait jamais rien vu d'aussi adorable. Ursula et lui n'avaient jamais parlé d'enfants, mais il savait, qu'un jour, ils en auraient. Dès que tous deux y seraient prêts.

Le pasteur se pencha vers le bambin. De toute évidence, il avait aperçu les canines d'Isabelle.

— Isabelle ! la réprimanda Blake, tout bas.

La petite sembla le comprendre et resserra rapidement les lèvres. Elle tendit la main vers le coussin tombé de ses mains et, avec l'aide de Blake, se retrouva sur ses pieds en quelques secondes.

— C'est bien, la félicita Blake en clignant de l'œil à l'intention d'Oliver.

Oliver réprima un gloussement.

Le pasteur prit les anneaux et les bénit avant de leur en tendre un, d'abord à Ursula, ensuite à lui.

Lorsque sa fiancée répéta les paroles du pasteur, le cœur d'Oliver gonfla tant il se remplissait d'amour et de fierté, de joie et de bonheur.

— Avec cet anneau, je te prends pour époux.

Ursula fit glisser l'alliance sur son doigt.

Impatient qu'Ursula devînt sa femme, Oliver n'attendit pas l'invitation du pasteur.

— Avec cet anneau, je te prends pour épouse.

Il n'attendit pas davantage que le pasteur l'invitât à embrasser la mariée. Il attira tout simplement Ursula dans ses bras et l'embrassa.

— Je vous déclare maintenant mari et femme, entendit-il le pasteur proclamer, quelque part, au loin.

— Je t'aime, murmura-t-il tout contre les lèvres de sa jeune mariée de sorte à ce qu'elle seule pût l'entendre, quoiqu'il sût que les vampires présents sous la tente pouvaient capter ses paroles. Et peut-être même les humains, ce sentiment lui étant impossible à cacher à quiconque. Pas plus qu'il n'en avait l'intention.

14

Ils avaient dansé. Ils avaient coupé le gâteau. Ils avaient proposé un toast à leurs invités, écouté des discours et accepté les bons vœux tout en souhaitant secrètement pouvoir s'échapper et se retrouver seuls.

Quelqu'un eut finalement pitié d'eux et annonça qu'il était temps que les jeunes mariés pussent se retirer pendant que le reste des invités pût continuer à faire la fête. Ce quelqu'un fut Quinn.

Repensant aux paroles de ce dernier et à l'étincelle subséquente apparue dans les yeux de Rose, Oliver se dirigea, main dans la main avec Ursula, vers la porte menant au sous-sol. Son père-créateur lui avait dit que son cadeau de mariage se trouvait au gymnase, lequel était situé dans un coin du grand garage. On aurait dit qu'ils leur avaient préparé une blague.

Il savait tout à propos des blagues que l'on commettait aux mariages : des meubles enveloppés dans du papier toilette, des voitures décorées à la mousse à raser, des lits jonchés de confettis, ces choses que les meilleurs amis faisaient à l'appartement des jeunes mariés pendant que ceux-ci étaient toujours en train de danser à la fête. Oliver se souciait peu du genre de plaisanterie qu'ils avaient mis sur pied, car rien ne pouvait effacer le soulagement qu'il éprouvait de savoir Ursula à présent en sécurité. Ce soir, il l'avait presque perdue, et il devait effacer ces souvenirs et en recréer de nouveaux avec elle.

Oliver tourna la poignée et poussa la porte vers l'intérieur. Puis, il se figea, pas sous le choc, mais bien sous l'émerveillement.

À ses côtés, Ursula retint son souffle.

— Oh mon Dieu ! s'exclama-t-elle.

Les équipements de sport étaient partis.

— C'est beau, murmura-t-elle.

Il ne put faire qu'écho à ses paroles. C'était le plus beau cadeau de mariage que Rose et Quinn eussent pu leur offrir : un endroit où accomplir leur rituel de lien par le sang, à l'abri des yeux et oreilles indiscrets. Un endroit juste pour eux.

Au centre de la petite pièce, trônait un grand lit recouvert de doux draps et pourvu d'un baldaquin en tissu raffiné. Ce tissu, qui retombait sur la moquette, transformait le lit en cocon. Le long des murs, des bougeoirs avaient été installés, et la lumière modérée des bougies faisait rougeoyer la pièce comme si un feu y brûlait dans une cheminée. Cela ressemblait à un rêve.

Oliver décolla les yeux du lit et regarda son épouse. Quoiqu'encore si nouveau, ce mot semblait juste.

— Il y a eu des moments où j'ai cru que ça n'arriverait jamais, dit-il, la main tendue de sorte à caresser l'élégante courbe du cou d'Ursula de la jointure de ses doigts.

— J'ai été terrifiée, confessa-t-elle.

— Je ferai en sorte que tu ne le sois plus jamais.

Il se pencha pour lui déposer un baiser sur la joue.

Ursula glissa les bras autour de son cou, l'attirant ainsi tout contre son corps.

— Tu m'as manqué.

— Pas autant que toi.

Ces derniers jours avaient été un enfer. Ceux-ci étaient enfin derrière eux.

— Cette semaine, j'ai pensé que je devrais m'introduire par effraction dans ma propre maison pour pouvoir juste te sentir dans mes bras.

Elle se mit à rire doucement.

— Par effraction ? Je t'aurais peut-être ouvert la porte.

— Peut-être ? grogna-t-il, baissant les lèvres vers son cou afin de l'égratigner à cet endroit.

— Si tu l'avais gentiment demandé.

Il aimait la façon dont Ursula le titillait, dont elle le séduisait avec la voix du péché pendant qu'elle frottait son corps si tentant contre le sien.

— Gentiment comment ?

Il pressa son érection contre la douceur de son ventre, la laissant ressentir l'effet qu'elle produisait sur lui.

— Oh, murmura-t-elle. Aussi gentiment que tu ne le demandes maintenant.

Elle laissa la main glisser jusque son derrière et le pinça à travers son smoking.

Oliver releva la tête.

— Je suis heureux que nous parlions le même langage.

— Moi aussi. Mais avais-tu l'intention de parler toute la nuit, ou préférerais-tu faire quelque chose d'autre ?

Elle inclina la tête en direction du lit.

— Hé bien, puisque tu le demandes si gentiment…

Oliver glissa la bouche sur la sienne et l'embrassa. De la langue, il lui caressa la couture des lèvres et les sentit s'écarter sous la douce pression qu'il y exerçait. Sans la moindre précipitation, il l'introduisit dans la bouche d'Ursula et l'explora. Bien qu'il l'eût si souvent embrassée durant ces quelques mois, c'était différent, à présent. Ce soir, elle était devenue sa femme et, dans quelques instants, elle deviendrait sa compagne de sang-lié. Ce baiser était le baiser qui allait lancer le reste de leur vie. Oliver n'avait nullement l'intention de bâcler tout ceci.

Ce serait le souvenir qu'ils chériraient pour toujours, celui qui les aiderait à surmonter n'importe quel obstacle à l'avenir, n'importe quelle querelle dans laquelle ils pourraient se trouver impliquer, n'importe quel désaccord ou incompréhension qui pourrait surgir entre eux. Cela renforcerait leur couple. Leur union serait incassable. Et durerait plus longtemps qu'une vie. Leur amour s'éterniserait.

— Je t'aime, murmura Oliver, mettant brièvement un terme au baiser avant de capturer à nouveau sa bouche et de déverser, dans ce baiser, chaque once de passion et d'amour qu'il ressentait pour Ursula.

Lentement, ils se déshabillèrent mutuellement. Les vêtements tombèrent à terre, couche par couche : d'abord la veste du smoking et la chemise, ensuite la robe de mariée. Et finalement, le pantalon, jusqu'à ce qu'ils se retrouvèrent face l'un à l'autre, uniquement pourvus de leurs sous-vêtements.

Le soutien-gorge bustier et la petite culotte d'Ursula étaient aussi rouges que sa robe, mais Oliver remarqua une couleur différente. Il glissa un doigt sous la jarretière bleue qu'elle portait autour d'une de ses cuisses.

— Quelque chose de bleu, murmura-t-il en souriant.

— J'ai également voulu incorporer quelques traditions occidentales. Tu as tellement bien accueilli toutes ces choses asiatiques que mes parents t'ont imposées. J'ai voulu te remercier.

Oliver se lécha les lèvres.

— J'aime la manière dont tu penses.

Elle le fit regarder vers le bas et lui montra sa cheville.

— Quelque chose d'emprunté.

Oliver repéra le bracelet de cheville en diamant qu'elle portait.

— À qui ? s'enquit-il.

— Nina.

— J'aime bien. Je pense que je devrais t'en acheter un.

Elle sourit.

— Je pense que tu le devrais.

— Et qu'en est-il du quelque chose d'ancien ? demanda-t-il.

Ursula tendit la main vers l'arrière de sa tête et en sortit l'étincelant peigne qui retenait ses cheveux. Le peigne rouge était orné de symboles chinois en or.

— Il appartenait à ma grand-mère. Ma mère l'a porté à son mariage.

— Il est beau.

Il la regarda ensuite dans les yeux et poursuivit.

— Mais rien ne sera jamais aussi beau que toi.

Il l'embrassa, l'attirant contre la courbe de son corps, ressentant la douceur de sa peau contre la sienne. Immédiatement, son corps tout entier s'enflamma.

— Tu ne veux pas savoir ce qu'il y a de neuf ? demanda Ursula en s'écartant légèrement.

— Plus tard.

Il tira impatiemment sur son soutien-gorge, le décrocha et le lui ôta en le faisant glisser.

Il posa la paume de ses mains sur ses seins et les pressa. Quoique petits, ils étaient fermes. Ursula gémit doucement.

Avec douceur, il la pressa de reculer de quelques pas en la dirigeant vers le lit. Lorsque l'arrière des jambes d'Ursula vint heurter le matelas, il la fit s'étendre sur celui-ci. Elle paraissait parfaite sur les draps blancs, tel un cadeau qu'il ne méritait pas. Il laissa courir ses yeux sur son corps en se délectant de ce qu'il voyait.

Il s'arc-bouta sur le lit à l'aide d'un genou et d'une main, planant au-dessus d'elle pendant que son autre main caressait sa peau soyeuse, se familiarisant à nouveau avec son corps. Une semaine sans la toucher avait été trop long.

Ses doigts traînèrent le long du creux entre ses seins et traversèrent son ventre plat jusqu'à ce qu'ils atteignirent la soie rouge de sa petite culotte. Il glissa la main par-dessous celle-ci, peignant au passage sa touffe de poils, et la sentit écarter davantage les jambes.

L'odeur de son excitation parvint jusqu'à lui, et il s'en imprégna, l'autorisant à le droguer. Son doigt glissa ensuite plus bas et vint toucher la moiteur de sa fente.

Ursula libéra une courte aspiration, puis une autre, tandis qu'il voyageait le long de sa féminité et laissait baigner ses doigts dans sa moiteur. Sa chair tressaillit. Oliver aimait la façon dont elle était réceptive à chacun de ses touchers. Et il aimait l'exciter. Et l'amener à s'abandonner dans ses bras. Juste comme il allait le faire, à présent. Avec ses mains et sa bouche.

Oliver fit usage de ses deux mains pour lui abaisser sa petite culotte et l'en libérer mais, lorsqu'il observa son corps dénudé, il remarqua quelque chose de différent. Il souleva la tête pour la dévisager. Elle rencontra son regard.

— Quelque chose de nouveau, murmura-t-elle.

Il laissa de nouveau tomber le regard sur le petit tatouage qui trônait juste au-dessus du bord gauche de ses poils pubiens : un symbole chinois à l'intérieur duquel les initiales U et O étaient entrelacées.

— Ça signifie « pour toujours », dit-elle.

— Je l'adore.

Il baissa les lèvres jusqu'au tatouage et l'embrassa. Il se mut ensuite sur le lit et prit place entre ses jambes écartées, amenant la bouche au centre pleureur de sa féminité. Il asséna un coup de langue le long des replis humides et y récolta toute l'humidité qui les recouvrait, goûtant ainsi la douceur de son essence. Les doux gémissements et soupirs d'Ursula dispensèrent la musique de fond prodiguée par ses caresses, et son épouse amena les mains dans ses cheveux, le faisant ainsi frissonner de plaisir. Tandis qu'elle écartait davantage les jambes, s'offrant à lui, il glissa les mains sous son postérieur et inclina son sexe afin de lui procurer un meilleur accès. Sa langue s'introduisit dans la fente si accueillante et se dirigea ensuite plus en haut, en vue de caresser le minuscule organe à la base des boucles.

Ursula se tordit sous lui, et il renforça sa prise sur elle, déplaçant les mains jusqu'à l'avant de ses cuisses de sorte à la maintenir pendant qu'il la léchait et la suçait avec plus d'intensité. Il tenta d'ignorer son membre douloureux toujours confiné dans son boxer short. Il savait qu'il ne pouvait déjà se libérer de ce dernier vêtement, ou il attaquerait Ursula comme la bête affamée qu'il était. Car le fait de goûter Ursula et de lui faire l'amour faisait ressortir tout ce qu'il y avait de primaire en lui. Toute courtoisie était reléguée au deuxième plan, toute humanité était oblitérée. Tout ce qui subsistait en lui relevait purement du vampire : voracité, insatiabilité, intensité.

L'envie irrépressible de la faire sienne était à présent plus forte. Le vampire en lui savait que c'était la nuit du lien par le sang, que cette nuit, ils ne deviendraient plus qu'un. Et le vampire était impatient.

Ses hanches se murent en saccades contre le matelas, en va-et-vient, de sorte à garantir un certain soulagement à son sexe. En vain. Oliver savait qu'il n'y avait qu'une seule façon de pouvoir se soulager : à l'intérieur du corps d'Ursula.

Tout en grognant, il lécha plus fortement et plus rapidement le clitoris. Ursula s'agita, son corps étant si près de la libération qu'Oliver put presque la goûter. De la sueur coula de son visage et de son cou et, avec horreur, il put sentir ses doigts se transformer en griffes, ses ongles s'aiguiser en pointes acérées.

— Oh Dieu ! cria Ursula.

Un frisson lui parcourut alors le corps, la faisant visiblement trembler, tandis que son orgasme se revendiquait à elle.

Libéré par l'appel de sa compagne, le vampire à l'intérieur de lui jaillit. Ses griffes déchirèrent son boxer short, le libérant enfin. De l'air frais vint souffler contre son membre en feu, mais seulement durant une seconde. Plus vite que jamais auparavant, il s'enfouit en elle, jusqu'au bout. Un souffle étouffé s'échappa de la gorge d'Ursula, tandis que ses muscles internes, toujours tremblants sous l'effet de son orgasme, emprisonnaient Oliver.

Incapable de se retenir, il s'extirpa à moitié de son étroite cavité avant de replonger à l'intérieur. Et encore. Son côté vampire devint sauvage, la baisant durement et rapidement.

— Je suis désolé, cria-t-il. Je ne veux pas te blesser !

Il avait toujours pensé que le lien par le sang serait une tendre expérience, une lente fusion des corps, une douce façon de faire l'amour. Il avait sous-estimé son côté vampire, lequel prendrait complètement le dessus et ne lui laisserait aucun choix en la matière.

Il observa ses griffes cisailler sa propre épaule, de sorte à créer un petit saignement depuis la blessure, avant de l'amener vers la bouche d'Ursula.

— Bois, exigea-t-il, la voix rude et à peine reconnaissable.

Alors qu'elle aurait dû le repousser, de peur de ce qu'il pourrait lui faire, Ursula n'en fit rien. Elle recouvra plutôt l'incision de ses lèvres et la lécha, lapant le sang qui en suintait.

Le corps tout entier d'Oliver se mit à frissonner.

— Oh, Dieu ! murmura-t-il.

Il n'avait jamais rien ressenti de semblable. C'était comme la plus sensuelle des caresses. L'étreinte la plus tendre. Les mouvements de son corps ralentirent, devenant plus doux et plus affectueux. Ses yeux procédèrent alors à un zoom avant sur la veine palpitante du cou d'Ursula et observèrent la façon dont celle-ci lui faisait signe d'approcher, l'appelait afin qu'il la prît.

En un mouvement lent, il baissa les lèvres vers elle, la sentant trembler lorsqu'il entra en contact avec la peau. Sans la moindre précipitation, il ouvrit la bouche et l'égratigna de la pointe de ses canines. Lentement, elles percèrent la peau et s'enfoncèrent dans la chair.

Il tira sur sa veine. Le sang se précipita dans sa bouche et coula en cascade dans sa gorge. Par le passé, il avait maintes fois bu à même elle mais, cette fois, c'était différent. Cette fois, elle buvait également son sang à lui. Cela créait un cercle, un lien indestructible entre eux.

La main d'Ursula glissa sur la nuque d'Oliver et le pressa tout contre elle.

Prends-moi, prends tout de moi, l'entendit-il penser.

Il sut alors que leur lien venait de se créer.

Le fait de savoir qu'ils ne formaient plus qu'un le poussa à bout. Son orgasme explosa dans son corps tel un tsunami incontrôlable qu'on ne pouvait arrêter.

Les muscles d'Ursula se contractèrent, et il put à présent ressentir les vagues de son orgasme voyager à travers elle, tout comme elle était capable de ressentir son propre orgasme comme si elle s'était installée dans son corps.

Si belle, pensa-t-il.

Est-ce que ce sera toujours comme ça ? demanda-t-elle par la pensée, tout en continuant à boire son sang pendant qu'il tétait à même la veine.

Oui, toujours.

Car il s'assurerait qu'ils fussent toujours aussi heureux qu'en cet instant. Quoique cela coutât. Car elle était sa vie, tout comme il était la sienne.

~ ~ ~

À PROPOS DE L'AUTEUR

De nationalité allemande, Tina Folsom vit depuis plus de 25 ans dans des pays anglophones. Elle a d'ailleurs épousé un Américain et s'est établie en Californie en 2002.

Tina a toujours été un peu globe-trotter et a vécu dans nombre de différentes contrées.

En 2010, elle a rédigé son premier roman d'amour.

Elle a toujours été attirée par les vampires. Depuis 2008, elle a publié plus de 38 livres en anglais et des douzaines dans d'autres langues (français, allemand et espagnol). De plus, elle fait actuellement traduire l'ensemble de ses livres en français.

Tina apprécie recevoir des commentaires de ses lecteurs. Pour cela, vous pouvez lui écrire à l'adresse électronique suivante: tina@tinawritesromance.com.

Vous pouvez également la contacter via Facebook: facebook.com/TinaFolsomFans.

Enfin, vous pouvez visiter son site Internet tinawritesromance.com afin de vous tenir au courant des nouveautés.

www.ingramcontent.com/pod-product-compliance
Lightning Source LLC
Chambersburg PA
CBHW031256210726
48287CB00003B/1064